陈先发 著

白头知匦集

山西出版传媒集团　北岳文艺出版社

·太原·

图书在版编目（CIP）数据

白头知匮集 / 陈先发著. — 太原：北岳文艺出版社，2021.7
ISBN 978-7-5378-6405-3

Ⅰ．①白… Ⅱ．①陈… Ⅲ．①散文集－中国－当代 Ⅳ．① I267

中国版本图书馆 CIP 数据核字（2021）第 100129 号

白头知匮集

陈先发 / 著

///
出品人
郭文礼

选题策划
左树涛

责任编辑
左树涛

书籍设计
张永文

印装监制
郭勇

出版发行：山西出版传媒集团・北岳文艺出版社
地址：山西省太原市并州南路 57 号　邮编：030012
电话：0351-5628696（发行部）　0351-5628688（总编室）
传真：0351-5628680
经销商：新华书店
印刷装订：山西人民印刷有限责任公司
开本：787mm×1092mm　1/32
字数：128 千字
印张：6.5
版次：2021 年 7 月第 1 版
印次：2021 年 7 月山西第 1 次印刷
书号：ISBN 978-7-5378-6405-3
定价：66.80 元

本书版权为本社独家所有，未经本社同意不得转载、摘编或复制

目录

白头知匪集（上）

·1·

白头知匪集（中）

·117·

白头知匪集（下）

·167·

白头知匮集

上一

1

思想对行动的无效性愈强,就愈成全其自身,它无与伦比的纯洁性让孤独的人舍生以往。是飞矢烂于它的不动之中。是镜子消融于我的显隐之际。是磐石奔走于它的有无之间。

没有赐予。没有被读。

2

诗是以言知默,以言知止,以言而勘探不言之境。从这个维度,诗之玄关在"边界"二字,是语言在挣脱实用性,反向跑动至临界点时,突然向听觉、嗅觉、触觉、视觉、味觉的渗透。见其味、触其声、闻其景深。读一首好诗,正是这五官之觉在语言运动中边界消融、幻而为一的过程。也可以说,诗正是伟大的错觉。

3

过度让位于修辞,是这一代人的通病。

语言牢牢占据着我们内心想要坐地成仙的那块空地。当思想交出局限的自我,它者占据着这块空地。我们退至修辞中呼吸。可共享而不可被拆解的,如微风拂过,凛厉无比。

4

一个人死去之后的存在感,是艺术所剩的最后一个难题。古《诗经》的箭镞仍在射向我们的心脏,它的温度,仍在将它射出者的手心留存。无法追问我们将去何处，我们将被穿过。而我的箭矢也将洞穿那些早已死去的人。

艺术将死化为一种庞大的假相。在我的目力所及之处，并不存在任何一个局外人。比如，我们仍活在嵇康之中。而反过来，也是一个重要的命题。

5

在京城之夜路遇红灯。我摇下车窗，问路旁妖娆拦车的妓女："以前做什么？"她猛地愣了一下，继而哈哈大笑着说："乡政府的炊事员。"这一愣叫我难忘，它附着于笑声混成的感染力，随着我的车轮滚滚向前。这一愣之后，她贯通了，没有断裂，没有消耗。她从她之中脱身而出了。

6

孤月高悬。心耳齐鸣。见与闻，嗅与触，出与入，忽高忽低，忽强忽弱。心脏可以摘下来点灯，五官混成一体。

我若开口，便是陷阱。

7

黄叶飘下，亦为教诲。

8

当一条河流缺乏象征意义时，它的泡沫才不致被视为本质之外的东西。

9

有时我会诱导五岁的儿子在算术题上得出丰富的错误答案。这与老师们所做的努力正好相悖,也违反了既定教育的全部要义。但我要令他明白,规则源于假设,你要充分享受不规则的可能性,要充分享受不规则的眩晕与昏暗,要充分享受不规则的锯齿状幸福感,才不致辜负大自然在一具肉体成长时所赠予的深深美意。

10

月缺,不一而足。

以其"不一"生不纳之美,以其"或一"成不缺之相,以其"如一"证不失之心。

11

父母命令我杀鸡。我不能拒绝这个被生活缚定的使命。我提着刀立于院中,茫然地看着草坪上活蹦乱跳的死鸡。我在想,我杀它的勇气到底来源于哪里呢?我为什么要害怕呢?突然间想起了戊戌刑场上的谭嗣同,一种可怕的理想冲至腕中。是啊,我使出当年杀谭嗣同的力气杀了一只鸡。这无非是场景的变幻,正如当年的刽子手杀谭嗣同时,想到的不过是在杀一只鸡。相互的解构,无穷的挪动,从具体之物的被掏空开始了。

12

呆子,看枪——

她哭了。

舞台上的湖水看着堤坝中的湖水。臆想中的光线与窗栅外的光线分立于帘子两侧。为了这种深深的相互映照，语言已积攒全部的勇气做了准备。

13

战栗，是最古老的，也是最新鲜的；是唯一没有遮蔽性的，也是事物最恒定的意义。

14

假设松树是自在的，它的葱绿，是阻隔我与它的一堵墙壁。假设这就是界限，是绝望的本身，我们像两个盲者各据一边。

这种"假设"等同于它的葱绿，可作壁上观。

15

一个人可以同时是猛虎又是骑在虎背上的人。而一个人不可能既是磅礴的落日又是个观看落日的人。

16

诗的意志力无法确立在炫技的冲动之上。炫技及其五彩斑斓的心理效应不能充足补偿它在诗歌内部意志力上形成的缺口，但我们也不妨认为，炫技并非导致艺术窘境的根源。愈是空洞的时代，在与它对应的写作镜相中，就会涌现愈多的偏激天才，以炫技作为必要的手段，投其勇敢之心维系着那个时代本质上荒凉无收的劳作。

17

垂首久立于小院中。我身边的所有物体都在鸣叫。那些微似芥末的昆虫、那些深植于无用的弃物、那些状似虬龙的老榆,既为头顶星空的浩瀚而鸣,也为自己体内的浩瀚而鸣。我们以物相来识别事物,也深知从无一种鸣叫来自这表相。建筑于这强设之上的,是我们深知唯有语言才是能刺破万相,熔它们于一炉的第三体。它驱动这悠久的鸣叫、双向的格物,它呼应着我的不渴而饮。

18

心中有乌托邦的麻雀嘴角淌血,它被鸣叫累垮之后形成的短暂空白,常被误解为有所不鸣。

19

语言向写作者发出的呼救,要远高于我们在写作困局中对它的呼救。当语言被禁锢于它原有的状态中,它的焦灼在一个时代的言说方式中漫延。伟大的诗人正受益于他牢牢地抓住了这神秘的呼救声。

20

行人把枯草中的绳子看作毒蛇而心生畏惧,与蛇形成印证的是不再是绳子,而是畏惧本身,是我们自身在蛇群中的绳子上滑动。或者,我们有能力将一根真正的绳子化为一条蛇。

诗性的统领与即兴的出入赋万物以灵通。

21

流星砸毁的屋顶,必是有罪的屋顶。我是说,我欲耗尽力气,把偶然性抬到一个令人敬畏的底座上。

22

天翻地覆,露水不动。如果没有这滴露水,天翻地覆即是假的。此露为核,统摄幻觉。此露为真,无誉无毁。

23

以柚子和黄桃为喻,最好爆发一场战争。倘黄桃体内"能指"的汁液不被吮尽,"所指"就无法显示出来。吃黄桃的人和吃柚子的人,须远走避祸。如果黄桃和柚子打起来,将是一场真正意义的语言学战争。

24

所谓传统,不过是些往事而已。所谓写作的后现代性,不过是句谎言而已。墙是往事的一部分,砸墙的铁锤,也是往事的一部分。

25

每条河流皆由不可拆解的三部分构成:"水"、"流动"和"我"。

倘无"我"之映照它如何被言说？甚至连呈现与"不在"都是不可能的。明觉恍兮，著言不空。是的，它有三部分，不可能更多，也不可能更少。

二分法之谬在于，为"分"立法的尺度、仲裁，必与"二"同在。控制世界的最小约束题应为"一分为三"，大于三，它将瘫痪为逻辑上的废物。小于三，知识与信仰都将消失，震悚与神圣都不会形成。

26

三月的河豚跃出水面，仅仅"被看到"的河豚是无毒的。

我们觉得它有毒，是因为"死者在场"。我们看到的不再是河豚，而是别人死亡经验中冲出的符码，是死者分享了我们的观察、记忆、对立和言说。

27

结构的空白，正是思想的充盈之处。

剥开那空白。赤脚去突破语言的障眼法。

28

美即有用动身前往无用。

29

遇见柳树，断喝一声："柳树！你是如何表现出你自己的呢？"

问题在于，到底是谁在发问？

"唯我论"这块老骨头有时在我们的喉咙中,有时又不在我们的喉咙中。路德维希·维特根斯坦说,哲学的要义在于指出苍蝇飞出瓶颈之路。可要命的是,看见了瓶颈的人往往正是制造了瓶颈并自虐般把"我"闭于其中的人。"遇见柳树"本质上是一种思想的结果。

30
往昔是一种假定。

31
建筑在"往昔是一种假定"这一基础上的是另一个命题,即唯语言层面的真实才是"仅有的"和真正可靠的。中国人以因果轮回把所有时间内与空间内的孤立事件与物象,串联在了一起并赋予其逻辑性,让"此时""此地""此事""此相"不再无所依傍,那些杳无所踪的往昔便清晰地从"镜子"底部浮现出来,因明果白,像假定的"一加一等于二"一样拒绝了所有怀疑。不妨认为这镜面便是我们所依赖的语言,而因果轮回便是语法规则。

哦,我们的往生是一群白鹤,这不是可能性的一部分,而是可能性的全部。

32
人既不能固守自身,又有何事不能释怀呢?

33

你如何把对"红色"的感受完整地传递给另一个人呢?你如何验证在他的神经元上映出的正是你所输出的?你又如何向一个瞎子传递对"红色"的认知呢?你或许会武断地向他释义:"红色是沉闷。"这里的指涉发生了极大的篡位,你告诉他(我们或多或少地是这个瞎子):"柳树!你从未目睹过的柳树,是一种忧愁。"告诉我,这时究竟发生了什么?指向的(雷鸣般的)紊乱就这样产生了。所以,物永远不等同于它自身。物总是大于或小于它自己,这就是物的虚幻性。

我们活在物的溢出来的部分之中。我们活在词语奔向它的对应物的途中。

34

尺子在物体上量出"它自己",这如同我经常用自己的逻辑去揣度"我之外的"一切。

当尺子显现时,它几乎类同于我:一种从未挨过饿,也从未被充分满足过的怪物。

35

一切活着的东西,皆为心灵的摹本。

36

落日当前。

落日是我穿过的一件旧衣服,你也穿过。难道你还指望我说出点别的什么吗?

37

果熟畏枝。花红忘言。

38

"如何成为一棵柳树?"是每棵柳树都沉浸其中的一个问题。

无须象征和隐喻,对"已经形成的"东西进行直接抵抗和防御。

老子说:"凿户牖以为室,当其无,有室之用。""无"既充入物的自性,又有容纳思想本身的"室之用"。语言以其"及物"而能够被把握,又因其"不及物"而灵动自如,随心灵震动不已。

39

梨花点点,白如报应。

40

空白有着非同一般的表现力。宋代马远作画,只在纸的局部落墨(世称"马一角"),那么他置下这大片的空白干什么呢?绝不可将此被语言符码围困着的空白等同于"无",本质上,它是"语言不在场状态"。而这种"拟"状态,恰是语言最蓬勃有力的形态之一。

41

蜘蛛战栗。它一定是感受到了"一个词"。如果这个词在一个完整句式中形成了固定的意义,蜘蛛的战栗立刻就会消失。

在它自己的语言系统中,蜘蛛是一个形式主义者。

42

传播力强是事物(符码)庸俗性的最好解释。当某种语言产品从"A"传递到"B"再传递到"C"时,它所附着的意义是递增的,而不是我们通常所认为在传递中形成某种损耗。传递的链条越长,对它原貌的悖离就越大。而在传递中递增的东西恰恰最与本质无关。这种递增是阅读者天赋的权力,也是庸俗性本身。上述此种语言产品,在创作者那里,随着时日轮替,它的附着物也是递增的。所以没有一个人是他自己精神产品的"真正主人",连"付之一炬"都不能为这种向庸俗性的沉沦减速。

43

天才唯一的特点是直接说出。

手伸到对岸,造出亭子,无论这河有多宽,他的手直接放到了对岸。

44

所有"容易的",本质上都是无意义的,都是恶的。屈从于那些已经形成的东西,是最大的精神恶习。(相对于那种靠折磨肉身以求觉悟的"苦行",诸如嗜吃牛粪,一辈子让一只脚永不落地,天天滚着上山,等实践),真正艰难的苦行或善途只有一种,那就是以时时对语言(符号)的觉悟和犯险来找到并唤醒自身。这几乎是唯一的修心之道,也是殿堂本身。

45

严格说来,"少女"是一种无肢体动物,是一种靠想象力即兴生成的短暂的动物。在词语中,少女是一个几乎不能被有效使用的名词。

46

放眼看去,大地上的一切都是答案。

落日是一个答案,绳子也是一个答案。"它们在回答些什么?"这个疑问始终只存在于那些依赖提问才能活下去的人的心中。他们是"一个"灼热的人,而不是"一群"灼热的人。

他们的悲剧性在于,顺着一根绳子的远行,往往再也回不到绳子那里。

47

在我的眼里,梨花是慢的,但慢得还不够。

我们各自的"看见",也在各自的障眼法中。在时间系统里,花开到花落的长度,完全等同于我从生到死的长度。一丝一毫地逸出也没有(轮回正是如此完整),这得听命于纯粹理性的安排。它被关闭在花的形状中，我被关闭在人的形状中。我们唯一的沟通在于我们都被关闭在"一个词"中。我们只有在语言中交媾才能互相"看见"。在演化为视觉的空间系统里，它把它的葳蕤交给我。它把它的摇曳交给我。它把它的战栗交给我。我把我的第一个陈述句交给它。我把我的最后一个陈述句也交给它。我们都不能从关闭着我们的形状里"走出来"，我们死死抱着"自我"在那儿笑。梨花白了，正是陈述句形成之时。

是的，它慢得还不够。如果它不动，它就是无坚不摧的。可惜它在"慢"着，它只能做"那被摧毁的"。对我这样的人，我需要确信世界已经存在着最少一种完全不动的东西。

48

我们在眼睛的指导下步入歧途。

难道步入歧途不是我们的目的？歧途是灵性的。歧途之存恰是对生命力最大的肯定，最根本的肯定。我们的心灵对歧途的纠正往往像一出充斥着雾气的闹剧，这或许正是这个时代的汉语赐予我们的一幅特殊图轴。歧途就是不断偏离自己又永远肯定地活着，像李商隐的"断无消息石榴红"般孤立地活着。

49

将要发生的，其真实性超过那些已经存在的。

所以，"虚构往日"之慰藉不能放弃，"解构明日"的刀不能离手，"重构今日"的乱拳不能停下。

50

傍晚，踢着树叶回家。我能踢到的树叶，满怀喜悦进入我们的相遇中。在某种预设的逻辑中，它甚至是主动的，迎着我的脚就凶狠地扑过来。

这种逻辑使我们内心的松柏常青。

51

"他死于一场意外的车祸。"在某些人那里，这完全不是个"偶然性"事件，他的死与前世的某种恶因有关，这"死"是一个预设框架中的结果，而制造祸端的车子也是负载某种"使命"而来。在这个范畴之内，报应从来就不是"弹别调"而有着冰冷的必然性。我从不妄言这种全面颠覆偶然性的"报应说"对我有什么特别的意义，但，至少它使物有了新的"物性"，这种物性是"非现存的，可逆的，因果之中的"，所有的物也都是"演义的"。一切物与事件，都是为了维护必然性这块不能被超越的、牢不可破的磐石。景物（符号）之深度因此而生。这也是语言作用于人生之最基本的一种。

52

我所看到的，都是心灵所剩余的。

53

过度地依赖间接经验使我们"观看"和"倾听"大大削弱了。我们目睹的月亮上有抹不掉的苏轼，我们捉到的蝴蝶中有忘不掉的梁祝。苏轼和梁祝成了月亮与蝴蝶的某种属性,这是多么荒谬啊,几乎令人发疯。我们所能做的,是什么呢?目光所及之处,摧毁所有的"记忆":在风中,噼噼啪啪,重新长出五官。

54

思想必须像绞肉机一样清晰地呈现出来。置此绞肉机于修辞的迷雾中,要么是受制于思想者的无力,要么是一种罪过。

让绞肉机自身述说——而不是由你来转达这个声音——"瞧,我在这里!"

以"思想着"和"共享着"的状态来克服思想所附生的深深恐惧。

55

远处的山水映在窗玻璃上:能映出的东西事实上已"所剩无几"。是啊,远处——那里,有山水的明证:我不可能在"那里",我又不可能不在"那里"。当"那里"被我构造、臆想、攻击而呈现之时,取舍的谵妄,正将我从"这里"凶狠地抛了出去。

56

怀着献身的愿望将这具身体坚持到死了又死、再无可死之时,留下一两段诗句来转述它从未真正表达出来的至深愿望。

是一种必不可少的节制。

57

有一块瓦始终不参与整座宫殿的狂欢,像一个词在结构中的效力始终不显现。它是一个"负词",是映在水面的影子,也是亭榭的一部分。

一块瓦的存在如此地合乎理性:宫殿的秩序、比例、构造将因其"不与""不予"而动摇。但它却如同这个从不出声的词一样令人伤怀:当我穿过它,如过乌有之境。

58

孤身可为通鉴。

傍晚,我牵着一棵狗形的树木散步,而路两侧的树形物质里传来低沉起伏的吠声。阻隔贯通的变形记,不过是我横切百科的一个急就章,连影子都不曾产生。

凋零之心尚待印证。

59

跟随明月,一路上坡。

那些已经命名的事物都在一个统一的名字——"尸体"之中。打翻它的既有,即兴高呼"与可"。坡凝"上""下"于无可抉择之境,身随"来""去"于两可之间。

悬胆相吊,有醍醐灌顶。

60

我的语言之马,奔驰于"立言不证,持烛不燃,一语成谶"的大道之上。

61

现象学素描:我是一个腰束跛马的小丑,早上坐在餐桌边抛掷硬币,阳光一会儿刺疼我的左眼,一会儿刺疼我的右眼。我手中有"难言"的金箍棒,长丈二,重三两。从窗口看出去,鸟儿在枝头长吁短叹,长堤含霜,人皆持伞。一座宫殿在湖面快速地移动,一个"词"在墨水中闪耀。有个卖菜的邋遢小老头,遗在田埂上的粪便,像寒风中的六和塔。

62

街头,一个小学生在削铅笔。在我的眼里,他也是在屠龙。

他写呀,写呀——他弄脏的作业本里充满了错别字和难以言喻的奥术。

我们对"现象"所拥有的唯一经验就是:它总是在"被覆盖中"被赋予难以肯定的解析。

63

"炊烟散去了,仍是炊烟
它的味道不属于任何人
这么淡的东西无法描绘"

64

祖国隶属于必然。

心灵耗尽于"不一"。

65

远处群山突然拥入我正俯身的窗口：一阵恍惚，满含放弃。这也是千秋万代的暗度。这种时刻，"词语"是不存在的，词语（或音律）对状态复制的最高形式是"啊——啊——"，或一场恸哭。含有技艺的复制等而下之，含有欲望的提炼更是个妄想。

66

令人厌恶的繁缛必有其神圣的属性。

67

下午在合肥拱辰街头，看见一个瞎子给另一个瞎子喂水。

"请把嘴再张大一些。"假如这瞎子偏是个哑巴，而另一个偏又是个聋子。"把胳膊抬高一些，摸到我的手。"假如这两个瞎子都是无臂的人。"哈，吧嗒吧嗒的，有点甜吧。"假如他们并无味觉。"嗯，可闻上去有点臭。"假如他们并无嗅觉——这又能怎么样？正如我们在写作中献出了我们的五官却长久地沉浸在被剥夺的屈辱中。"请调动你身上所有的器官：翅膀、发动机、肠子、螺旋桨。今天是一九九九年十一月六日。为了解决你的饥渴。"

"讲讲，这碗水从哪里得来的？"——这么多年，为何我见过的每一个瞎子碗里都装满这样的水？这碗水玄妙地传递仿佛从未停止。

68

傍晚，从 A 地到 B 地。

我拍着一个球围着大楼跑动五圈，看到它有不同的入口之后，旋即起身离去。

69

在瞎子眼中，落日是成群的。

70

去年秋天我经过黑池坝，看见一个驼背老人，从湖水中往外拽着一根绳子。他不停地拽呀拽呀，只要他不歇下，湖水永远有新的绳子提供给他。

今年秋天我再经黑池坝，看见那个驼背老人，仍在拽那根绳子。是啊，是啊，我懂了。绳子的长度正是湖水的决心。我终于接受了"绳子不尽"这个现实。他忘掉了他的驼背，我忘掉了我的问题。湖水和我们一起懵懂地笑着：质疑不再是我的手段。

71

在"故乡"这个词上，蒙汗药似的小河流，有着相似的缓慢。

72

一大群人在广场晨练。我看见一个深绿的网球在玩弄着两个击球的人。那个花白头发的老头猛地跃起，咧着缺牙的嘴巴断喝道："狗屎！"并挥拍向球击去，但——仍然没有击中。他茫然地怔在了那里。

一旁，安徽省计算器厂退休女工在跳集体舞，哗哗地抖动手中血一样的纸扇子。

73

看到街上一个衣衫褴褛的人在跑动。哦，他跑得那么快。我想：他一定饿了，会扑向街角那个炸麻雀的油锅。可是——他并没有扑向它。这里面的真正玄机是，我饿了。饥饿的感觉从胃中升起，而且它蜕皮了："饿了"这个词出现。词在跑动。

但在我的语言谱系中，"饿"这个词从不扑向"饱"这个词。

74

一宿未眠：我在想着一件东西。它长在由眼睛、鼻子、耳朵等器官组成的人形物质里。它轻声对我说："我爱你。"我笑了笑。对这其中的某个词我无法定义。而它受惊了，在灯盏下猛地晃到体外。像庙宇在映照着它的湖水中化掉。

75

河上。

干巴巴的枯枝伸向河面。它对流水的多变与低回毫不理会,也不会将它们吸收。此枝的"干巴巴",正是诗意所存。让语言的乐趣上升为语言的智慧。

76

因为死者在地下用力,黑池坝周围的桃树比去年又长高了一点。

身体,即便对自己来说也是个桃子,需要跳起来才能摘到。那些终将失而复得之物。

77

柳树立在坝上。它不是传统的。它不是现代性的。它也不是后现代的。它没有叔本华所说的"意志通过某种超因果律的却又基于因果律的法则和表象世界发生关系",它也不是叔本华本身。它不是一棵"能做我们想做的,却不能想我们所想的"柳树。它并不认为:"我们所处的表象世界背后有一个纯粹意志的真实世界。"它并不试图像叔本华那样制造出精神的致幻剂,让他的读者相信存在这样一个意志的世界。它甚至不会蒙昧地认为:"世界观存在两个基本问题,一是他的世界是由充足理由律建立起来的,二是他是以一种人本主义的观点来建立世界的。这样,他的悲观主义世界观就是建立在一种主体客体两分的基础之上。意志世界和表象世界,事实上正是世界的主体和客体两方面,而人只是一种作为世界主体的一种被造物,也就是纯粹的客体。这样他所描绘的世界就不是以一种超越人性的观点所建立起来的,而只是从人性本身对世界所做的诠释。"它也不会嘲笑叔本华所谓的"一种更高维度的、关于物自体的知识是可能的"。

从上述表达看,我的排除法既清算了柳树,也清算了叔本华。我只是偶然看见了一株柳树并在表达时保持了与它约万分之一的"相关性"而已。但柳树,把它从躯体里溢出来或凹陷下去的无限空间,留给了我们。

78

临死前,凡高说"悲伤永恒",弘一写道"悲欣交集"。这——就像同一时间的同一只鸟儿在毫不相干的两棵树上打着盹。

79

一觉醒来,如同另一个人在"我"之上形成。

80

强设出一种因果关系,作为我们安坐于世上的椅子。没有绳子,给他一根吧;绳子结不出炸弹,就让它结出来吧。让我们拥有这样一个"炸弹群",就像置身于一座以因果关系为水分的大森林。

81

河边的老柳树低垂着头,
像一个破了产的寓言体。

柳树不因为孤立河岸,而恰因置身于千万树种的森林中才具有真正的独立性。从语言学角度,唯有我们具备了表达千万种树的能力之时,才能真正表达一棵柳树。当我们轻松地指着它,说:"嘿,一棵柳树!"事实上,我们什么也不曾说出。

82

九岁那年,我在街头吃过一只油炸麻雀。不知为何,这些年我总是想起那只麻雀。我记得它在沸腾的油锅里仍保持着空中的笑脸。现在我终于明白了,它"为什么"有那么一张笑脸。我也明白了,它"怎样"才能确保那一张笑脸。

83

醉心于一元论的窗下,看雕花之手废去,徒留下花园的偏见与

花朵的无行。有人凶狠,筑坟头饮酒,在光与影的交替中授我以

老天堂的平静。谢谢你,我不用隐喻也能活下去了,我不用眼睛

也能确认必将长成绞刑架的树木了。且有嘴唇向下,咬断麒麟

授我以春风的不可控,在小镇上,尽享着风起花落的格律与无畏。

84

杯子中的杯子，塞满我精神的中央乐土。

我更加是个深居的人，经常对着我的居住地——黑池坝周围一公里内的事物喃喃自语。我把它们拆掉又在我的语言中重建。"它们"也在拆掉我。桌上的杂物在拆掉我。尺子在拆掉我。闹钟在拆掉我。小路在拆掉我，我的脚。我的愚蠢像清水一样日日清洗着我。这些并非哲学，并非诗歌，只是一次盲目的自言自语。

一平方公里的自语与抛物线状的盲从。

85

用语言的乱棍猛击这个杯子。

让它滚烫。在它的破碎中看见一个新的整体。

86

"刹那"在沉入杯子。某种永恒，随手即可泼掉。

双腿如此困难。漫长驰骛中一个刹那的瞌睡，或者漫长瞌睡中一个刹那的驰骛，在两者之间摆动我透明的脚踝。永恒只是我的一个瞌睡。

87

当杯子穿上了斑斓的虎皮。当杯子凝聚成人形。

那注满"我"的暮色是如此之浓。在此散步的又是谁？

88

以焦虑之手抚过语言的桌面。端起一个杯子以呼应此时的幻觉：

湖边的柳树陷入少女。柳树在少女身上醒过来，变成了另一棵。

以左击右，加固左的堤岸。少女发现柳树陷入她且猛地向水面垂下之时，才知道自己是空的，为此她呕吐不止。为了"反幻觉"，少女剖开手中的橙子以稳住身体。

89

棒喝这少女！我无限享受她涌往全身的不对称。

棒喝这杯子。屈从我的命名它将长出更合理的形体。

90

小时候，我有一块乱石围起的操场。我想：我会在此度过一生。只在这里踢球，不去任何别的地方。如今我在绳子的另一端，看见我仍在那儿独自踢着球——仿佛从未断绝。像一个杯子从未被注满——"共时性"让万物得以重新命名。球在绳子的"两端"滚动，既像被吸引，又像被排斥。

91

我握着一个杯子，从A地到B地。

我是说，从未有过一种孤立的自我，也从未有过被剥夺了象征性的A地。

92

"液态的少女坐在杯子里"——这句话意味着一个词（水）被另一个词（少女）置换了。这两个词能够置换的原因不在于德里达所谓的"本质普通性"，而在于诗性的普遍性。本性的位移让语言生命力勃发出来，并确立了一种无处不在的泛灵论。

93

我们同时看见一个杯子，却从未同时忘掉它。这个杯子在我内心的"延时"，是我唯一能够以对它的依赖层层剥开并诉说之物。这也等同于在问：为什么所有人都走了，我，还在哪里？是它之内剩下的我，和我之中剩下的它，在向一块神秘地靠拢？事物在我内心的延时性，正是诗性的根源。像被暴力拉长的绳子两端，"多出来的部分"即是诗性。本雅明正是踩着这多余的部分回到他的"巴洛克时代"。

94

如果我能确证"风格"的存在，那么我必将确证它是如何击垮自己的。创造的目标一旦达成，就会原封不动地成为创造的敌人——风格之殊味永难抵达"味无味之味"的境界。风格之显类于"大白若辱"。

95

唯两岸的严厉限制能赋河水以自由之美与哺育之德。

96

中午在打开铁制黄桃罐头时,剪刀的塑料柄突然折断了——锋利的剪刀装有一个脆弱的木柄或塑料柄,这几乎是一个写作者在使用语言时面临的同一困境。是啊,我们的手,我们的心,与此木柄又有何异?

97

以此杯为喻。这是一个充斥着容器的世代。容器中安放着容器;容器吞噬着容器;容器消化着容器——比如我,你——我对你的爱和厌倦。比如语言。

98

玄学的蛋黄在我的杯中旋转。

当它不能满足于"意义"二字之时便开始旋转——宗教想命令它停下,而教育则企图让你看不见杯中的蛋黄。

99

昨夜我梦到一个老人吃完粥,在湖畔种下垂柳。单数的粥和复数的垂柳。冲突的粥与和解的垂柳。无意义的粥和无意义的垂柳。直觉的粥与幻觉的垂柳。现象的粥和现象的垂柳。如果现象是一座熔炉,那么在其中化掉的又是些什么?

100

我该如何来阐述"传统"两个字?一个杯子的传统总

是小于一个杯子，虽然在概念上它是所有杯子的总和。

101

传统几乎是一种与"我"共时性的东西。它仅是"我"的一种资源。这种——唯以对抗才能看得清的东西——裹挟其间的某种习惯势力是它的最大敌人。需要有人不断强化这种习惯势力从而将对它的挑战与矛盾不断地引向深处。如果传统将我们置于这样一种悲哀之中：即睁眼所见皆为"被命名过的世界"；触手所及的皆为某种惯性——首先体现为语言惯性；结论是世界是一张早已形成的"词汇表"。那么我们何不主动请求某种阻隔——即，假设我看到这个杯子时它刚刚形成。我穿过它时它尚未凝固。这个杯子因与"我"共时而"被打开"，它既不是李商隐的，也不是曾写出《凸镜中的自画像》的约翰·阿什伯利的。这样，"我们"才有着充足的未知量。

102

"传统"的声音向我涌过来，并穿过我——仅此而已。

103

杯子是即时的，而我是历史的。我是它的遗体。

好诗必须具有一种史学气质：像别人曾有的质疑与拷问在"我"身上集体苏醒过来一样。它是语言的，更是语言史的，因而才是心灵的。

104

写作即某种"辨认"。

写作即区分。

105

枕头。色情。伪典籍。

翻来覆去的四壁。

他凶狠地踢开房门,

一下子来到紫色、神经的葡萄架下面。

106

　　下午在咖啡馆,为老父的病痛而浑身发抖——此刻却一字难成。阅读和写作不能令人完善,日复一日的语言练习激起的涟漪只在一个封闭的杯中旋转。这旋转与杯子外围的阅读,两种痛苦是分裂的。语言中的结构远非这颗心的结构,虽然它们终会合而为一。或许信仰能够令我完善,但信仰——迟迟没有贯注到我愚钝的头顶。我无法跳起来撞击到信仰的精钢,唯剃光脑袋在星下呆立——我的天灵盖上为它留有一个迎接的缺口。

107

我极目远眺其实一无所见。

鞋子破了,

千山万水仅用于点灯。

108

蝉声传出。仿佛周遭树木的寂静只为了它存在。事实上并不需要它们之间的对立,才能证实"我"这个第三者的到来。

109

松树在寺前、柳树在湖边发现了自我。如果让它们交换一下位置,会怎么样呢?我们在享受自我之幻化,总要设定某个位置是不能挪动的,因为此"挪动"并不能产生更高的表现力。语言及它的对应物有时具有自我分类的属性。只有当它们在一种精准的结构中,此"归类"才闪烁灵性之光。

110

打破了一个比喻,等于营造了一种困境。我们能脱身而去的所在并不多,正如能作为喻体的事物正日渐稀少。

111

语言靠什么来增加自身的质量与密度呢?按洛尔迦的方式,他会说:"这杯子里装着取于大海的水。"是啊,我或许会说,映着你脸的这杯水,回到海上后,它久久凝固成在杯子的形状,没有什么力量能让它稀释掉——这是一种写作能力。洛尔迦的杯子里蓄满了民谣与幽灵,他的唯心论让它增加了质量——而唯心论,除了改变了语言容量外,几乎是门无用的学问:像一小杯"淡水"浮在海上。

它真正惊人的正是这无用之用。

112

一个少女斜倚老柳。当我说柳树陷入少女之时,两个名词中的一致性令人迷惑与眩晕。

113

杯子里有一道语言进入不了的"玻璃门"。只有当它的"空"溢出时才能被我们感受到。

114

你喝掉了一杯水,等于在概念上把它用完了。如果您再喝一杯水,需要新一轮的命名。杯子看见我在语义中艰难地再度凝聚成人形。

我该如何把我对一个杯子的体验传递给你呢?像把一个杯子中的水注入另一个杯子。

115

清晨立于窗前,看到柳树上某个东西正在远去,朝它深深地鞠了一躬。

我此刻写下它,它被纳入了语言的疆界内,我不会再向这个有底线的东西鞠躬了,或者说我不能向已经被表述过的东西鞠躬了。当我感到语言的无力之时,连树梢的摇动也是如此困难。

它是什么?它将去何处?

116

昨夜写诗,当时能诵。次日晨却一个字也记不起了。它的痕迹呢?它没有留下一丝痕迹。只有激动的余响仍在。它为何没有任何痕迹?它不在我已经表达的任何范畴内,它也不指向我所要表达的任何东西。那么,它是什么?为什么到来?

117

"溪水提在桶中,已无当年之怒。"

我在二十岁时写下的诗句。今天看来,此怒复来,而溪水显得过度。

118

唯心论是一块让人挨饿的地方。它提供了太多的食物和更多的消化器官。

119

环抱着黑池坝的垂柳共有一百七十株。一百七十像一种旋律,莫名的鼓点捶打着我的步子。每一日的暮色我如此熟悉——当年它环抱着一个三十岁的男人,如今它环抱着一个四十岁的男人。物随其逝,白堤尽废。层层波浪像卷起的窗帘,遮蔽着那不可能的一切。无论是"毫米"还是"光年"。橘红的推土机年复一年地呜咽,地下——那曾不被知晓的仓廪露了出来。我的同类日渐稀少,而垂柳仍是一百七十株。当它回旋,如此令人泪下而无以名状。

120

飞去的蝙蝠会再度飞回。

断掉的肋骨,失踪的十字杵和马匹会重新长在我身上。

打碎的盘子会再次完整。

我咽下的杏仁会重新摆在我的盘子里。

曾经的穿墙术——那些能力的界限,会再次清晰地标出。

曾经超群和不群的一切会回到我们的群体中。

121

整个夏季我像一只被剥掉皮的狗一样惶然不可终日。我的种类无人认识我。我的异类无人向我道声晚安。我的眼中全是不知名的树。我的炉膛里一片冰凉。我被剥掉的皮蒙在他们的锣鼓上。

我的舌头在溶化。我的双腿变长。我的炊烟还是那么凄凉又垂直。

122

在长途公共汽车上,我吻了以废报纸遮着脸的老柳树——我吻了老柳树体内的少女。她以湿润的苔藓之唇回应着我。她说:"我从未出过村子。我爹不是这样教导的我。我放不开。"

我拔掉老柳树后问她:"你要放开什么呢?"

123

二十纪九十年代,我在淮河流域游荡。我熟悉颍上、阜南、霍邱、临泉、固始、凤台、固镇、灵璧诸县。我经常坐在大堤上,看着被浪花拉长了脸的鱼群、在拖拉机中变形的农民。我遇到偏执的屠夫、嗜吃鸡血的虚无主义者。我爱过那片群山之中,一个计划生育女干事。仅仅十年,群山不在了。而雁叫依旧,拖拉机上换了一茬主人。忧伤塞满了我。不测之忧抽打着我的脸。当五月青苗勃发,我反复地问自己:"那些"到底是些什么?

124

我的诗歌有一个基本概念——"共时性"。我确知自己能找到"某个时刻"——在它之内,不管有着往日的隐士,还是明日的变形战士;不管是庄周在喂养母龙还是希梅内斯在种植石榴树。这个时刻让我安心。与所有的时刻在一个平面上,交叉,滑行,获得它们似是而非的璀璨形体。

125

我的凝视使杯中的水摇晃。符号间的冲突,创造了难以言喻的宁静。

126

柳以垂而发现自己。"垂"以柳而感动了我们。

听从这"垂",听从它的名下之虚。坐在它安静的课堂之上。

127

我看见词汇在我的诗中孤立地哭泣。不是别的诗,正是这一首。不是别的什么时候,正是此刻。它哭泣它们的孤立。世界即是一张坚硬而冰冷的词汇表。我们在词中的漫步又能解决什么?这么久以来,我竟然以为在这些词汇中搏动的是我的心。我竟然认为逻辑即是一种"搏动"。我竟然认为可以为这种"搏动"设立一个位置。我竟然认为这个位置就在我的紫檀座椅之上。我竟然认为自己即是那千杯万盏。

128

我写到的"杯子"是杯子的总和;我写到的"垂柳"是垂柳的总和。这个总和不在你视觉中的任何一个杯子里,也不在任何一棵垂柳中。它仅存于我们的语言里——对它的任何解释都将遭到抵制。

129

下午在咖啡馆,有人向我解析他的"整体主义"。
我对他说,你找一个"碎片"给我看看吧——给我看一个"不能自证为某种整体的碎片"。我只要仅仅一片。

130

寂寞春深的槐树。论及生死的课堂。小窗外,有几只鸟儿一直在叫,我被它们的叫声吸引。我顾不上其中血肉的分崩离析,不擅克己的心中长出又酸又硬的刺。是啊,我被这种非人类的音符吸引——我愿意成为它们的弟子。

131
失控是至美的瞬间。

132
垂柳以其形即能达意。而我不行,我必须借助语言。我的心,我的嘴,我的笔一层一层地捆绑了我。

133
一湖之水都扑到这株柳树的脸上来笑。千岁之忧也扑在这片柳叶上蜷曲。整座宇宙这一秒也扑进这只蝈蝈体内弹出它心中最美的音符。此扑,如此迅疾也如此完美,状如眼前的满天青霭。看见这些影像的顺序是:我心脏中的瞳孔、耳朵中的瞳孔、鼻翼中的瞳孔、指尖上的瞳孔,我眼眶中的瞳孔最后目睹。

134
他走在路上,看见一棵柳树,吃了一惊。他不知道这惊异从何而来,又觉得失去了什么。转向而去,看见一棵榆树,笑一笑,获得了均衡。

135
虚实同枝的柳树。唯有在伟大的日常行走中我才能与你融为一体。我剔骨的幻觉来自被人撕掉的课本。

136

当槌击来,锣声被迫离开锣体——我们正在这样的境遇中:唯有离开本体才能发出自我之声。

137

他是一个哑巴,没有说出一句话,没有写下一个字——但我不能否认他有着自己灿烂的语言史。

138

我听见垂柳深处的争辩声,久寻不得。有人听见垂柳深处的争辩声,在那里找到了——我。我被视作这争辩之声的源头。

139

垂柳怀着各自的理想伫立湖边——有的想做棺木;有的想做提琴;有的想做病马;有的想做断弦。当这些棺木、提琴、病马、断弦再聚于黑池坝边,在稀薄的晨雾中,看见它们像当年一样垂首拂向湖面。湖水安宁,仿佛早已得到答案。

140

拿此杯置于桌上,它距我的心脏三十厘米,距窗子一米,距黑池坝五十米,距紫禁城一百三十公里,距天蝎座群星八亿光年。距老子眼里的雪山两千六百年,距明朝灭亡三百年,距一只蚊蝇在我眼前的死亡仅一秒。此杯为核,新秩序涌动;此杯为实,那些逝去的不过它的幻影;此杯为虚，那些被倒掉的物体成为它存在的依据。

此杯像一根钉子将"无限"牢牢地揳入我的桌面。

141

是逻辑所要求的某种严谨毁了我们。它毁掉了我们最美的旋律、呓语和棺椁。

142

傍晚，凭窗可见的卡车司机像一匙速溶剂化在我的杯子里。他把从肉联厂运出来的渣土，倒在十五公里外的斜坡上。这个景象仿似熟悉，一千年前就见过。那时我也是一个局外人。为什么还要在我的杯子里再溶化一遍。发动机熄火时，我甚至听见他在吹口哨——一种俚俗的小曲。一切无从问起。时间不是个难题，轮回就像他长着疤痕的脸那么清晰。

143

镜中绷直的绳子偶尔松弛下来。房间的一切恢复了轻松。肉体的巨大阴影，在闹钟的表面。祖母的放大镜曾放大了某种空间，而我已不能再次进入。

144

这些年，黑池坝柳树的繁殖呈现了加速度，在合肥的安庆西路—寿春西路—老环城路的包围中。智慧的力量不能使柳条直立，却能让它连根转移到另一个世界里。

145

每日绕着黑池坝跑几圈,逆时针跑,倒立着跑,倒退着跑——我一跑动就发觉周边事物的多余。我有对抗的两条腿和禁忌的一个身子。我喜欢在斜坡上跑,在一个曲面上跑,在一个多面体上跑。直到湖水在我头顶静静地旋转,夹在其中的几声鸟鸣像几片偶被记起的时光旧渍。

146

请说"不"。选一个日子,对所有的人,所有的物体包括暗物质,对声韵训诂、名物制度、经籍考据、天文地理说"不"。

147

鲍照诗句"惊雀无全目",又句"百丈不及泉"。费年余读罢他的全本,察其不易处:物象在存废之间;义理在尺蠖飞蛾之上;技艺从不避危仄中来。

148

创造力——尤其是艺术创作,不来自立场而来自直觉。这个词对我意味着误入鸟嘴的虫子。弗雷格曾说每个断言背后都有一种假定。好吧,假定我是一只鸟,假定这个世界存在无穷无尽又神出鬼没的虫子。

149

所有建筑物必须经过思想的二次捶打,"坚固"不过是臆想赋予它的一次临时判断。

150

柳树的存在,是对榆树的最大肯定。柳树之中的戒律巩固了它自己——这里我们要讨论何谓"肯定",如果把肯定定义为一种明确无误的区分,那么我们可以说,是我们为物预设的戒律帮它们找回了自我。

151

语言游戏向自身索求的是某种"尽头的乐趣"。

152

我们依赖喻体来认识这个世界,喻体——事实上将更强的扭曲注入了语言中。比喻是语言中的绞刑架(这本身即是个喻体)。我们能设想一种没有了隐喻的生活?

我终会找到与我互为喻体的"那个"。

153

秋日草丛,蚂蚱在漫射的白光里发愣。深山的呼哨,知命的远客。大地充斥着亘古未变的、非个人的诗性。"当代语言"此时有何作为?

154

真,只有气息,没有本相。

155

制作一座绞刑架,养活了一棵柳树。

两者之间的呼应与对抗,养活了我们——试图建立某种秩序并终将其付之一炬的人。

156

垂柳从未被呈现,我们以为它被呈现了;杯子从未被说出,我们以为它被说出了。

僭越——就在此时,就在此处。如果有我,那么"我"为臆想,亦为拯救。

157

昙花在我的盆中盛开刹那。就在这一霎,宇宙结构因它而改变——我们在其内部:在某种战栗的里面观察到它,"俯身其上"不过是一幅幻觉的素描。

158

任何物体都是一个语言陷阱。

垂柳就是一个由枝叶、胆汁和致幻剂构成的语言陷阱:某种关于"我"的陷阱。

垂柳隔着语言的栅栏呼唤着湖边的自己——甚至是被制成了桌子、假肢、木偶、绞刑架、薪炭的灰烬、修道院屋顶中的自己。而我们将听不到任何回应。语言的快乐不在于回应客体。

迷中有执。不必回头。相信我:正在那空白处,有一株垂柳，无可说之垂柳。

159

二十多岁时，我常去安徽省图书馆——矗立于合肥市包氏墓园旁类于杜冷丁的建筑群中阅读，知识所包含的某种麻醉让我记得它是赭红色的——我曾告诉自己：瞧，梭罗是这样描绘的，而埃舍尔用另一种方式。在那些个人语言中，在那些语法结构里。这是某种基础性的生活，但事实上它的深层之味来自一类"例外"：那才是我——"这个词的本义"正穿过某种神秘的体验得到缓慢的恢复。有段日子，"他"整日在高大幽暗的硬木书架间徘徊，却绝不翻开那些书。在我的回忆中呈现为"他"的那个年轻男子，突然觉得不再需要那么多语言能力来认识自己，不再需要那么多"别的东西"来完成对自我的抵抗，他索性不再读了，只享用着那种"我在此处"的心灵状态。"他"在图书馆闲逛，并勾引过一个乌托邦一样的女孩。他们藏在外人罕至的旧书架间性交。靠着对往昔"真实"的珍视，他把自己从"以虚构为基调的今日"解脱出来。今年，我又去了一趟安徽省图书馆，而我的凳子移到了图书馆后边的河畔。想起一些什么又迅速清除掉了。看着水中挺立的枯荷，并成功地清除了附着其上的杨万里、陈洪绶、弗洛伊德和乌托邦。

160

诗是加了密码的文体。为何要加密？并非对阅读的拒绝，而是要恢复此文体自古以来的某种尊严。对读者而言，任何一类读者无论贩夫走卒还是王侯将相，在阅读诗歌的欲望中，都潜存着对这种古老尊严的体认。

161

诗性远非诗人的专利或仅为他一人所猎获。它是物中最本质的东西，每个人都不可避免地与它相遇，正如每个人心中都珍藏着没有任何指向的、超越功利的哀伤。

162

任何一首诗面临的困境，都要大于创作这首诗的人的困境。

163

诗中存在着自我推动力，即它的演进来源于"第一句"。第一句确立了整体的氛围、语调与词的逻辑性。第一句在建立秩序。这是诗学的基础性技术问题。而"第一句"源于何处，则是诗学的本质问题。

164

这本书的基本秩序建筑于诗性而非逻辑之上。有时我会刻意制造出无序的表面，但触角敏锐者自会从间或跃出河面的鱼、柳树、镜子等随意穿插的物象上，捕获到显隐之间的心灵线索，他们会紧紧捂住这发现的欣喜而向周边的混乱无序连声致谢。

语言的灵性及它的局限性摆在这本书的神位上。

165

一首好诗中,有无数的入口和总是大于入口的出口。中间是语言折叠出的多维度空间。即便是一棵树,在一首诗中也会被不同的读者,在不同的空间里完成 N 次的发现。诗是这种空间的装置艺术。一个敏感的读者同时从不同通道的多个出口走出一首诗。

入口是自我否定,出口是物我如一。

最会心时我的入口正是我的出口。

166

当然,最妙的读者是自我携带出口而进入一首诗。

他神秘地以阅读拓展了经验的空间,并觉得自己更应是此诗主人。"料青山观我亦如是"的茫茫然。诗的伦理学由此建立:诗借作者之手现身,而作者仅仅是第一个穿过它的人而已。

167

诗之相不仅是一朵花,同时是其根部的垃圾。诗也是否定前两条定义的"不"。诗尤其是垃圾向茎叶上输送并催其爆裂盛开的一种力,及这种力中包含的"不"。

168

一种内在的神秘从诗的内部向外张望时,它并不顾及或说无力成全自己的形体。只有当这种神性快要瓜熟蒂落并向外跨界时,形式主义才有达成的可能。

形式主义是诗对自身最后和最猛烈的要求,而非最初的啼哭般诉求和那一点点唯美的冲动。

169

诗并不要求诗人清除自身在认知上的浅陋。事实上我从未读过一首真情涌起于内心而最终又被归之于浅陋的诗歌。

170

诗被要求在其内部生成巨大的空白。这几乎是最重要的一种形式,甚至是一种庄严的仪式。它是语言抵达的缺席而非诗意的缺席,是一之将生而非一无所附。它尽含四面八方之苦。缺席是诗最重大的主题之一。

171

很少有诗人避造句之天赋如避瘟疫,这确是一件缺憾的事。天赋在语言中留下的錾痕及时被修复才是真正值得赞美的,在一些大师那里造句之天赋常被视为通病而遮蔽得很深。

一个白痴与一个语言大师有时会使用一模一样的句式。唯一区分在于他们置此句于迥然不同的语境。

172

从诗性本身看,世上并无孤独二字。孤独是诗人无力营造神秘氛围的代词,是无力敞开自我并参与万物之合唱的代词,是泥塑快速消融于急促的雨水而无力歌唱此消融的代词。

173

我们丧失了《诗经》时代诗人以语言和音律尽情分享万物之神性的仪式感。悲剧的是,当代诗歌既不能修复这种仪式更无力书写丧失本身。

只有"丧失"还存在着,像深埋的大理石内部被点亮的火炬,像铁锈中的火炬。这是一个当代诗人的真正道场。

174

一首诗往往最早失败于对直觉的不信任。

175

诗歌在写作时即包含了对阅读者最严苛的挑剔。但我们常常遇到另一尺度:以读者数量和杂志发行量等商业指标来衡量诗歌的状况。这情形类同于在欣赏枯荷之时心里在盘算藕的市场价格,连美不可言的淤泥都被忽略不计了。

176

最容易遭受的误会是,一首诗的深度与容量是它的作者在创作时订制的,即是诗人自身在某一刻的深度与精神容量。其实,前者是个急遽的变量,它远比后者要深刻与宽广得多。

诗最古老的天赋在于它创造了一种情感与精神的巨大

变量。

177

任何一首诗本质上都是无法完成的。我没看到任何一个诗人能彻底固定住它所在表达之物的边界。我们读到的不仅是变量而且是残肢。

178

最好的诗对阅读者的审美经验不是挑剔而是挑衅。

179

重要的不是解决文学与善的关系,而是文学与恶的关系。一旦恶的力量被语言划定边界,善和美作为次生之物会自动生成。所以写作的勇气本身即是一种写作的智慧。

180

修辞学造就无懈可击的艺术。然而从整体上看,一件无懈可击之物即是遗憾本身。这也是写作的本质性颓败的一种。

181

过度让位于观看的眼睛,让我们丧失了只有闭着眼才能看见的事物,那些不囿于形、存而无态、须集五官之齐鸣才能真正进入的东西。

182

是"我们不能说出的东西"在确定世界的基本秩序。我们正在写下的,只是与本质世界毫不相干的"独自的游戏",或者说,所谓本质的世界只是我们幻觉的根源而非思想的根源。

我们言说的能力界限是描述与思考"有来源的东西"。诗歌企图在此界限之外的努力正是它被命定地注入了某种悲剧性的原因。

183

这个世界的柳树,每一棵都栽在它应该栽种的地方。

我们对物性的认知在此陈述中与物对自身的认知神秘地契合了。

184

存在着"诗自体",即诗在其体内某一词的强力推动下,进行着超越写作者个人能力边界的疯狂演绎。在一首好诗中,诗人被动与被逼迫写下的部分才是惊人的。

在咖啡馆掷硬币取乐。非此即彼的两面。我看见每一枚被抛起的硬币下,都有一片偶然性的大海在翻滚。

185

被剖开的水果从盘中跃起。悬空的嘴唇在等着它。残红的冷不丁。缄默的一张机。词语被剥皮后正露出微苦的内核。

186

我的替身在盆中开花。我的替身在湖中游动。我的替身佝偻着脊梁在夜间街头清扫着垃圾;我的替身被这个佝偻着脊梁的老人扫进塑料桶里;我的替身正是这个塑料桶本身;甚至它连塑料桶都不是,只是桶中深陷而静穆的空。我的替身伫立樟树下,看着枝头的孤鸟。我的替身同时站在枝头,随时准备扑入樟树下此人的怀中哭泣。一念去时,尚能抱一。一念起时,分裂来临。我的替身时时以鱼的形状在跃出河面。

187

当鱼跃出水面——当它被描述,它"可说"的身子将落回我们语言的泡沫之中,它"不可说"的身子在我们语言的匮乏中慢慢冷却。

是的,匮乏,正是所有写作者唯一真正恒定的背景,也是唯一的共识。对它的思考会致更大的匮乏,正如鱼第二次跃出水面。

188

不是鱼的第二次跃出,而是我们的心完成了一次伟大的模拟。

189

一个经典作家或诗人,并非人类精神领域匮乏感的解决者,而恰是"新的匮乏"制造者。制造出新的匮乏感,是他表达对这个世界之敌意的方式。换言之,也是他表达爱的最高方式。而且,他对匮乏的渴求,甚于对被填饱的渴求。

190

是金黄孤鸟,推动了薄暮的荒原。为它而升的炊烟,未免太淡。我赞颂它的飞行,是盈向亏的偿还,黑与白的互匿。残月的浮云过渡,或此生到来世的连绵。这就是我的可笑,这首诗的可笑。这就是相对论:庸俗的蝉吟。这就是竖琴对音律的嘲讽。金黄正是孤鸟对你的假设。观者在飞,鱼在跃出,波浪在推动一个疲惫的虚词。

191

当鱼跃出河面,是它体内饱含的某种拒绝打动了我们。我们正是它的仍潜在水下的同类。

192

是错觉重塑了观看。是幻听复制了耳朵。是移位替代了我们的原形。是抵达告知我们界限在无限地退后。是味后之味毁灭了我们的舌尖。这是一切艺术的要义,也是我们看到鱼跃出河面的视觉源头。

193

诗人应该有一种焦虑,那就是对奢求与集体保持一致性的焦虑。好的东西一定是在小围墙的严厉限制下产生的。

一个时代的小围墙，也许是后世的无限地基。这种变量无从把握，唯有对自我的忠实才是最要紧的。但鱼在第一次跃出水面时并无自我，它作为一个符号在语言中被掏空、被击碎，又被诗性的力量重塑成形并再跃出水时，它才有自我，它才是活的。

194

我们都在自我的变量中汹涌起伏，犹似马里亚纳的海沟内波浪悚动。

纵乐的残骸中迎来宁静的星期一。写一首诗，新鲜的语言从不同的地址中走出来。传统蜕化为一种变幻不定的假设。舌头在味道中为我们再造了一个新世界。而吉尔伯特在一九六七年说："寂静有一种蜂鸣之美。"

195

目睹鱼跃出水面的蝴蝶，因一种归类的饥渴而生出鳞片。而鱼也从蝴蝶身上看见庄周之梦的痕迹。他们迅速地互换了身体后回到自己的生活里。

存在与虚无之间，有着一种状态我姑且名之为"诗态"，即由可说向不可说游动、言说的力量由可控正趋向不可控的状态。

196

诗歌的语言学，也应是力学的范畴之一。

197

当雨水到来,圆木和春雷贯穿蜉蝣之耳。第一笔的松枝和鸭头,完成了对山河的施洗。只因为我克制太久了,不能在发神经时,与你共牧风筝于河上。焦虑依然不可名状,云朵也尚似旧时。那断了线的江山,我是不忍再看了。只因为不可言诉,而湛蓝必将肇始于最简单的事物。我只能吐下它的骨头,在目力不可到达之处,拆掉不知所踪的云谱。

198

一条鱼在家庭主妇古老的菜篮子中沦陷有多深,它身上被遮蔽的诗意就有多深。

199

将一根绳子变成有生命温度的绞索,从来靠的不是生存的勇气,而是语言的智慧。倘置身其中的人,尚有解脱的妄念,那么作壁上观的人往往会补上"不够"二字。"不够",是轻风拂面,是自足的根本。"不够"是一条积攒了足够勇气而尚未击破水面的鱼。

200

从河流干涸之前的最后一滴水中,我仍能看见鱼从中跃出。

201

当鱼跃出,它在水中原本的位置既没有空掉也没有被填满。那个位置被定义为回忆。

鱼在完成水底的所有神圣使命后才会跃出水面。

在我写鱼之时,鱼也通过我在写它自己。

河面被鱼撕破的一瞬,也是我们的前世与它维空间的铁幕被撕破的一瞬,是鱼撕破我们并跃入我们体内的一瞬。

202

海德格尔说,语言绝不能从符号特性上得到合乎本质的思考,也不能从意义特性上得到合乎本质的思考。语言是存在本身的既澄明着又遮蔽着的到达。他有一个核心的词叫"解蔽",其实不过是如鱼跃出水。

203

庙会上,见一小女孩骑在父亲脖子上猜灯谜。远处,残雪闪烁,苦勤的耕牛徘徊。我想起两千五百年前的春日,有老人骑在牛背上吹笛,见远处雪山而撰《道德经》。如今我见青山欲废,残雪在鼓励着它。我知道那老人、那小女孩都是我。那跃出河面的鱼也是我。只是这一个我已面目模糊,曾经的那么多个我,已无法前来辨认。

204

风过芍药园,犹似僧见妓。

205

现实滑行于人类对自身想象力的模仿之上。也可以说,生活的生活抄袭了想象的生活。跃出水面的鱼说，有另一层现实覆盖在我们的现实之上。有另一层更深的匮乏，覆盖在我们已知的匮乏之上。

风吹一湖水，小鱼状如僧。

206

鱼跃出河面时，它是一个诗人。整条河流是它的读者。它们也是各自最终的阐释。

让我们设想在每一条河中，在不同的时代跃出水面的鱼，都有一个共同的敌人。为将这种深深的敌意化为积雪，为将一个词推向一首诗，为让这首诗在人群中裂变，为完成语言最深的使命，这条鱼必须跃出水面。

207

早餐中，我的胃里消化了三件东西：父亲死后的一件旧衣服、窗外漫山遍野的红杜鹃和一首描绘褐色鱼群的诗。

我想念一个空空的名字，它的下面已没有了曾经作为种子的身体。而另外的千万具像暴雨之雨滴同时跃出幻觉河面的身体，却只拥有同一个名字。晨风拂过我焦渴异常的碗。映在碗中的我仿佛长出一副面目全非的新脸。

208

当鱼落下，那原本的河面已经撤走。它将落在我语言的第二次形成中。

209

当老子说"吾有大患，唯吾有身"，当维特根斯坦说"红色的东西可以被毁灭，但红色是无法被毁灭的。因此红色一词的含义不依赖某种红色的东西而存在"，当策兰写道"我能让自己沉入你的身体"，鱼正完成它的纵身一跃：把旧的身体带出水面并一跃而入一具新的身体。

210

写作，本质上源于一种寻找替身的冲动。此安置自我的替身，是大于语言的存在。当语言将这个庞大的游魂强迫揽入怀中，我们知道，两者间是有缝隙的：它们在彼此体内晃动。为何永不能将一首诗写得不能篡动分毫？真正的契合只是写作的幻觉。写者也即他人：阅读仅是听见了骨灰盒中的笑哭或静默，仅是微茫的分担。

211

秋风不是别的，秋风是我的原著。
在第一页，墨水就耗尽了
它肆无忌惮地吹着，无数人的梦境。

212

如果我们把鱼的概念导向更抽象与更神性的一面，它还有没有剩余的力气跃出水面？是我们在它体内艰难地承担着它最为珍视的一些东西。

213

作为旁观者我看懂了：鱼的跃起何尝不是一种迷失？鱼的迷失是为了换取我在语言中对它的充足补偿。

214

是没有来由的棒喝让鱼落回水中。清流中有我们耳朵难以尽听的雷霆。鱼生百态，禅出百派，花开百样，言入百折，都只为了听见。

215

既有魔鬼存于细节一说。从为人为文的细部观察，我们这时代正在失去精研的风气。倘把魔鬼以"一尺之棰，日取其半"的方式切分下去，微近衰尽之时，佛陀或上帝即会出现。"万世不竭"不是魔性而是佛性。精研，正是驱魔见佛之道。从此角度，我会见魔而喜。世有魔出，则大变革不远。文心见魔，则澄怀在望。

216

诗是有"身后身"的东西。活在一种隐蔽身份中的诗人才是可靠的，想想看，一个凌晨清扫大街垃圾的工人，一个火葬场的入殓师或一个税务员，一个托钵而行的乞丐，当他被遮蔽的真实才能是在写诗上，这是一件多么美妙的事。真正的诗人谈诗极为谨慎：他是拿着锤子的人，虽然满世界晃动着钉子，却极少出手敲击。谈诗几乎是犹疑地，若有所失地，甚至躲避地在谈。

他不想被作为语言的战俘而交给世界。

217

语言于诗歌的意义,其吊诡之处在于:它貌似为写作者、阅读者双方所用,其实它首先取悦的是自身。换个形象点的说法吧,蝴蝶首先是个斑斓的自足体,其次,在我们这些观察者眼中,蝴蝶才是同时服务于梦境和现实的双面间谍。

218

受辱,是美与道义的起点。换个说法,我还不曾见过哪一个伟大的写作者能脱离这一起点,而完成他语言学的构造。如果在生活中不曾深受,他一定会创造出一个真正的受辱角色,来置换平庸的自身。然后他不免喃喃低语:瞧,那人就是我,必须是我。

连一条跃出水面的鱼,都被他抓来用于身份的再造。

219

刚开始写作时,我是与物的世界、语言三者中对立的一方:当另外两者被我假想为和解。我身体内的矛在对方的盾上卷曲。或者我体内的盾在对方的矛下穿透。如今我设想我是个旁观者,我的醇透和精匀,都来自观看。诗艺不是对立的技艺,而是感受的技艺。不是胜利者的技艺而是失败者的技艺,不是凌霄阁的技艺而是断头台的技艺。

不是鱼跃出水的一刻,而是鱼在观看,我在一跃出水的一刻。

220

假如没有语言本身的饥饿和对某种确定指向的期待，鱼不会跃出水面。

少女绕着夜间的黑池坝跑步。在我看来，她们并非为了加速成长，而是为了深深地压制。将内心某块领域压制住，如同将鱼压在永恒的水面之下，不让这领域与这世界的任何事物接壤。

221

"少女"与"骷髅"是两个词。但骷髅从来就不是少女的身外物。

这句话的要义在于：我们从不向自身哭诉别离。

222

用不知名的木头雕成，莫须有的
梦境。有的被大火烧过了
石板街像鲫背
紧贴着疲倦的雨水
村妇们鬓插桂花、白兰、紫荆花

我有滚烫的阿修罗花，和
大快朵颐的移动的灰色人群

223

风吹拂窗外葡萄中含糖的神性。

世上并不存在神性的葡萄，只在葡萄中居住着均等的神性：召唤我们去剥开并溶于随之而来的深味。

224

语言多么有力：我们浑身都是它冲刷出的缺口。我们浑身都是伏虎的伤痕。但静物，似乎更伟大些，世上的每一个静物：语言在它的硬壳中。

225

真理滋味如盐，它要一粒不剩地撒在我们世代的伤口之上。

我似乎有余力从这伤口中捕到一条鱼而穷尽所有时代和所有种类的鱼。

226

湖边，柳树醒着,画架旁的女孩睡在她瘦弱的十二岁里。菊花在奋不顾身地长出：为了这女孩能精确地画下它。她那么专注，似已睡去。她的十二岁不由物质构成。她十二岁的眼睛无坚不摧。这偶尔看着我的眼睛，也正是删除我的眼睛。这绘花的手，也正是撕花的手。这建庙的手快过我毁庙的手。

湖入我心、入我耳、入我喉、入我的不合时宜、入我的面目全非。

227

茨维塔耶娃自缢后,遗书中有一句:"请别活埋我,检查仔细点儿。"王船山则是另一番景象,他说:"七尺从天乞活埋。"一个恐于活埋一个请求活埋,都是断肠人语。

228

傍晚,我听见树上一只鸟对另一只说:"来吧,来吧!扑灭我身上这场大火。"无数次,我听过这声音:孔子游说、老子长默、乔达摩割肉饲虎,到荷尔德林赤脚横穿欧陆、玄奘刺血写经、八大山人哭之笑之,到黛玉葬花、张生翻墙、梁祝化蝶,想说的无非都是这句。来吧,扑灭我心这场大火。

同一句话。在同一句话无尽翻滚的这世界,这鲜活而哀伤的河面。

229

九月之暮是真好时辰。雷消炎祛,松静潭清,街角炒栗子最好吃。雁鸣一二,老叶离枝,味同棒喝之余。不如小坐杂木林,泥息剥皮,茎叶及踝,不知名枯树最好看。桂树正磨穿自身牢笼,散发出牺牲的香气,仍是那杳如鸟迹的最好闻。活着是禁锢而生百变。胡兰成说:"我即一败。"我们即群败。河面败极,秋兴大起。

230

果子熟透了,会自己从枝头掉下来。在此之前,空着手才是王道,无论是取的手,还是舍的手。以前我觉得诗歌正是这种空,对俗世的报复。而现在,作为武器的文学已被挥霍完毕,作为对象的文学正在到来。是柴米油盐、犬马声色对"空"的一次绝地反击。

我们正是在此处,慢慢恢复原形。

231

鱼从水中跃起的一刻,是超越界线的一刻,最接近死亡的一刻。

也是任何经验、判断,有关虚无的一切词汇都不能描述的一刻。

从河中跃出的每一条鱼,被剥皮后都是我。

232

诗学即是剥皮学。比如,卧室剥皮后是一条峡谷。椅子剥皮后是它生前为枝时曾奋勇接纳的一只鸟。枪炮剥皮后,是它曾呜咽诉说的玫瑰。伪经,剥皮后都是佛相。我剥皮后是你。诗学真正令人惊异之处,不在于更复杂的"它何以是",而只在于"它竟然是"。这是世上最蛮横的,最不讲理的,也是最奇妙的指向。它抛弃了无所不能的自由,而仅让自己停留在局限的、强指的自由。不在于屎溺桌椅何以有道,而在于道竟止于屎溺桌椅。竟然是!"竟然是"的无穷乐趣。

233

每条跃出水面的鱼的嘴中,都含着一座精美绝伦的语言宫殿。

234

当鱼在水中,河流是完整的。当鱼跃出,河流依然是完整的。完整是它们对自身的僭越,既有想象的一面,也有备让语言生畏的另一面。

235

二十岁时喝酒,常从落日楼头喝到第二天凌晨。喝着喝着,就有人离开了再不回来。喝着喝着,就有人被砍了头。喝着喝着,座中少女一个不剩了。喝着喝着,唐宋元明都远去了。当年遥想的白首不相欺,已在眼前。当年的敌视成了今天的固守。少年宜群,中年宜独。如今偶尔群饮,都是太匆匆的酒,泼掉了重来的酒,没看透的酒。

236

鱼每跃出水面一次,都会废掉一个俗世的旧址并带来一个神性世界的新址。

237

诗人的生活总是疑迹重重。他无法将语言中的振荡与幽玄,移植进个人生活。他能力的最大极限是完成诗的构造,其他的尽可弃之不顾。再延伸一下:他的诗作为解剖一个时代的参照物是有效的,作为个体生活的参照时则是无效的。语言特异的真实性来源于此。

238

我牢牢记着一个约定,但忘了要跟谁相会,在哪里。我便日日在这湖边漫步,日日在这里加速。

我从一个我散成了一群我。每晚遇见柳树状的我,卧石状的我,睡虎状的我,无状仅闻其声的虫鸣的我,无状仅闻其味的花香的我。因我之统摄,这一切物象深深沉浸于漫长的"等"之中。但没人告诉它们要等谁,要等什么。它们日日在加速,它们正不断从我体内溢出,像一群鱼正苦恼地不断跃出水面。

239

在这个唱和听已经割裂的时代,

只有听,还依然需要一颗仁心。

240

沉默的湖水。湖水中有我们臆想的蛟龙和麒麟。对一些人而言,没有这些臆想物,他们就会死掉。而对另一些人而言,湖水中什么也没有,湖水是空的。这正是生存的矛盾之处,也是波浪形成的原因。

241

把一个日常的问题逼迫到"无意义"的境地,把一条鱼逼迫到在八大山人快要枯竭的笔墨下变形的游动中,神圣的局面就会到来。

242

鱼跃出水仿佛是一种凶猛的追击力量在脑后。正如一首诗并非由一堆词砌成,而是一个词被一种神秘之力激烈追击着曳迹而成。夜半我们行走在僻巷中,脑后有一种冥冥的冰冷的巨大压迫,我们的行走并非由我们独自完成。

243

无疑,生活与梦境互为一个梦。我们在其间,不过是坐等鱼来刺破的水面,或是终将被某种声息洞穿的音障。那么我们何用另一种表达来唤醒自己:即我们从不曾也完全没有能力达成自我的突破。

244

青山落屐印,小户尽悬壶。石寒叩齿冷,花盛过颅空。

彩雀迎风流涕,萱草自在喃喃。有人无语过桥,有人喧哗泻地。七十二变的眸子被寂寞磨得发亮。向上的小路与向下的小路在我泥泞的脚上纠缠。衰老在淡薄的树影中向我慢慢逼过来。

245

鱼泫然一跃与河面远处静静的荷叶呼应着。

狮子吼与空山呼应着。一和无呼应着。平衡着这个世界不被察觉的丧失。

246

"鱼戏莲叶东,鱼戏莲叶西,鱼戏莲叶南,鱼戏莲叶北。"位置的死穴与莲叶的游戏在移动中对称着,让鱼从其间一跃而起。形式主义在一无所为的严厉中赋予我们以最深的慰藉。

247

精确入微的宇宙,虚拟无极的花蕊。假如他们真的只是我的梦境,甚至是与庄周的同一个梦,或者是被同一场叙述所包含的两个梦。假如真的存在任何一件能够从我之中分离出来的东西。假如我看见了它:这世上唯一的假想敌。我在我的假想敌上睡着了。既没有人唤醒我,也没有人埋掉我。

248

午后的阳光。斜坡上的杂木林。随便我叫出哪一个人名,都有一株灌木答道:在。

"在"是一种多么好的状态。我记得太多的人名,而有关他们的故事却已断断续续地湮灭。曼德尔施塔姆曾写道:"在嘴形成之前,低语已经存在。"是啊,我需要一粒中年的致幻剂。我需要一株永不要与我一呼一应的树木。

249

湖畔,枯枝伏在我肩上说:"当我还是一个女人的时候,曾像你们一样热爱修辞,喜欢解构,深陷于意义纠集的泥泞。我曾以创造为唯一生趣,从异性躯体上寻找鱼水之欢,而且耗尽心机探索世上各种奥秘。如今我醒了,再也不必那么做了,我只呈现。"众树应和,默如雷动。湖边密布着物象的演义、草木的倾诉、烈火的歌吟。

250

当我们将语言的界限设定为世界的界限。物质的碰撞、蛮力的角逐、权力的争斗、幻象的更替、梦境的接续、时世的轮回、潮水的起落、鼎镬的铸镕,包括观音的显隐,都不过是在沉默这个白线之内的一场蛮横的语言游戏。所以诗人对这个世界,不是描绘而是占领。

251

为了清除我们的颓废,石涛画下高呼于坡的竹子,朱耷画下横吊白眼的大鸟,博尔赫斯写下交叉小径的花园,埃舍尔抽掉了在螺旋式上升并相互叠加的空间中的梯子,毕加索画下变形的女体。他们是那些时代中最美的旋律与语调。

我对世界只有一个请求,即每个时代交给我一种忘不了的语调。我们从来不敢忘记他们的语调,也记下了在遗忘中垮掉的他们的时代。他们所在的河流干涸,只为了贡献这么一些能在干涸中活下去的老鱼。

252

鱼以一跃撕破河流而无损于河流的完整。玻璃碎掉而作为意义的杯子仍将完整地传递到我们手中。

诗人外在于这个时代以保持他们特异的完整性。

253

鱼跃出水面,是为了看一眼它寄居在人体内的同类,或者让驻足岸边的诗人看一眼寄居在鱼体内的人之同类。

并非是鱼而是万物的诗性挣破了水面。

254

自古至今,从河中跃出的都是同一条鱼。

只不过我们不再拥有同一双眼睛。

255

人唯有借助臆想的符号才能宣告自身的自由。首先他必须缓解他与语言的紧张关系,才能缓释作为万物之本质的焦虑。

正因为有人敢将焦虑宣告为万物的本质,他的鱼才能挣破不为任何命题所约束的河面。如果有人胆敢斥问此表达何解,他无疑将落入一个最凶险的语言的圈套。

256

虚无有着最精确的刻度,像布满我全身的鱼鳞,像世上所有的尺子。

257

我们从世界溢出来的部分去理解世界。也从此处,去瓦解它的既有。这溢出来的部分绝非康德的先验论的残余,更不是形而上学在物质世界的可笑投影。

一个世界溢出来的部分,恰是另一个世界缺席的部分。看见了这种致命交叉的唯有诗人,他们紧密地抱成一团,在这部分中舍生忘死地努力着。

一条鱼不是跃出河面,而是溢出河面。

258

这个世界没有任何一件事物没有被语言经验的醇熟之手深情地抚摸过。

是的,当我们看到、当我们闻到、当我们嗅到、当我们尝到、当我们听到、当我们想到,任何一件事物都是正跃出河面的鱼。

我震惊是因为没有任何一次例外。

259

真正让一条河清澈的正是它的无意义,它彻底的无意义,而非它的有用。而鱼的活泼不来自鱼的无意义,恰来自鱼作为一种抗体的无意义。我这本书充斥着这些无意义,充斥着对蒙田的反驳,也充斥着我对反驳的无意义的迷恋。

260

当我看到鱼跃出水,事实上我首先看到的是它的内容,其次才看到它的表面。最后再看见这两者的同一性。

我们对现象的迷人误会来自对经验的过度顺从。

261

我十一岁时，母亲为我做了一双百衲底的布鞋。锥子、指端的血、昏聩的煤油灯、无数人饿死的时代、赤贫的少年、夜半的心跳全都缝进了这双新鞋。出门时我穿上它，因为有母亲的注视。在从家到学校的十多公里沙石路上，我脱下鞋赤脚而行。到教室门口时，洗洗脚再穿上它。

无论是作为幻觉还是作为历史，这双鞋都已变成我的僧袍。我从河中跃出时也是双脚在上，赤足而紧裹这件磨破的僧袍。

262

我在幻觉中犹如从清水中跃出的鱼，我在历史中犹如从脏水中跃出的鱼。

物象既然是谬误的源泉，

我为何要向一条鱼求救？

263

餐桌上，让我们觉得饱胀而享受的不是物的菜肴，而是视觉与味觉经验的回忆。酒杯中安放的，几乎是曹操"对酒当歌，人生几何"和李白"莫使金樽空对月"的喟叹的复合体。他们的眼睛替代了我们的眼睛。他们的歌哭堵住了我们的嘴巴。但我们既不活在他们早已实现的死之中，也几乎不在我们正在活着的活之中。

264

河流在修复被鱼撕开的伤口。自然在修复我们大病的日常生活。

我们这个时代的艺术往往立足于伤口和大病,而非那些修复我们的事物。

265

鱼跃出水,寻找那亘古不变的参照物。

266

曼德尔施塔姆说:牛奶呈现宗教的蓝色。我曾有句:玄奘是为塔迎来了垂直的那个人。

曼老头子平视我抡锤。

267

沉默是唯一消融于万物而独令其表面平滑如镜的伟大技艺。

河面收藏着它自古映入的每一张脸,

鱼在破水前秘密进行了无穷的阅读?

268

真正创造性与性灵状态,犹如一根脆弱的棉线在吊着一辆载重七十吨的卡车。创造力既不来自棉线也不来自卡车。它源于这种超常的紧张意识反映在旁观者上的语言的绷断感。此绷断产生庇护的荫蔽与救助的冲动中,才能孕育出最美的语言世界。

269

好诗让读者形成巨大的挫败感而非愉悦。愉悦时而也会发生,但随之而来的是深渊般卷入的疲倦。

当对诗歌的评判陷入一种盲目奢谈的冲动时,我们用一句话阻击它即已足够:诗最大的危险不在于读者众寡,而在于即便只剩最后一个读者,它也没有真正地挫败过他。阅读时而是一种焚香与操刀并置的密室政治。

270

在一首好诗的内部空间里牺牲掉的东西,略大于它所建设的东西。

271

我知道明晰的形象应尽展其未知。诗之所求,不应是读者的通感,不应是某种认知的再次确定,而正应是未知本身。好诗一定是费解的。它迷人的多义性,部分来于作者的匠心独运,部分来于读者的妄自多解。好的诗人是建构匠师,当你踏入他的屋子,你在那些寻常砖瓦间,会发现无数折叠起来的新空间。当你第二次进入同一首诗,这空间仍是崭新的,仿佛从未有别的阅读打扰过它。

272

我们对眼睛曾试图进行这样的反驳:那从河面跃出的

只是鱼的碎片,而从非一条完整意义的鱼。

因为我们自知处理碎片之后,再无能力向真正的完整注目。

273

榆树叶。苦楝树叶。青桐叶。黄栌叶。梧桐叶。皂角树叶。榉树叶。槭树叶。乌桕树叶。心早死了肢体仍在广场跳舞树叶。青檀树叶。檞树叶。椿树叶。红唇女混子扮夜游神树叶。栎树叶。猫尾木叶。黄脉刺桐树叶。土合欢树叶。枫树叶。流苏树叶。槐树叶。寻求一致性并不能摆脱孤独树叶。我树叶。

274

散步,抬头忽见弦月,很奇怪的感觉,仿佛此生第一次见它。就这么站了很久,又被风吹醒了。万物已如此完美,这正是我的困境。

275

在阳光中能找到的东西,在阴影中同样能找到。在现世丧失的,就必须到语言建筑中来寻找。你不用拿尚未完工的上帝来唬我。

276

她来信说,绕湖跑步,湖太小,不开心。

我身上有座茫然大湖。

277

至繁的形式中有至简的情感。或至简的形态中有至繁的释义。越对立越明了。对立就是获得。

278

我们都曾是"有限的他人"。有时候,我们是加缪与萨特中的一个,而不可能是越过了他们的任何第三人。

279

孤狗在坝上跑动。如果抽掉这条坝,狗将演化为一小块玄学的团雾。近处,树木在微光中迎来它的七十二变。这正如在人世,一个人分饰多角。我们都是那个在轮下被反复碾压的孩子。一个人要成为他自己,必须捡回他散落在世界各处的碎片。

280

鱼在它自己的语言系统中。我们描述鱼跃的语言,有多少与它自述这一跃的语言契合?或者说,我们在多大程度上是它,它又有多少的神性契机可以进入我们,多大比例的重合?当万物自语,物向人的呐喊时而声嘶力竭,为何我们的耳朵是关闭着的?为何我们的心是关闭着的?语言几乎是唯一的万物与人相互进入的渠道。

281

诗之罕境是让所述的万物自己开口说话,让他们的语言系统彻底敞开,并让我们参与那连绵不绝的倾诉,也参与那令人神伤的缄默。

282

如果我们破除进入物性的语言阻隔,它们将教会我们在雨水中闪烁的能力,教会我们为时光流逝的减速能力,甚至教会我们死而复生的能力。这是一杯真正无可替代的琼浆。

283

美并不在"我见孤峰",也不在"我见之孤"。美是一种自足清静,且不自知的"峰在其孤"。

此境与我,可以两两相托。

284

烧饼要好吃,须从有意义的这一面,直击烤透至无意义的另一面,还须双向地轮回几遍。从好腔调,烤至野狐禅;从味道第一,烤到只余一味,直至烤至全不知味。

没吃过此烧饼者不足论诗性。

285

父亲离世之前,反复向我讲述一个梦境:他在山中跌断双腿,被一只玄豹所救。玄豹用自己的腿嫁接在父亲腿上。后来的许多个黄昏,这两条腿常拽着父亲衰老的病体狂奔到山下,对着山林长号不已。不再有人听得懂他号叫时的奇异语言。夜间,我也时常看到父亲双手撑地,从窗口铁栅中呆望着月亮。我也不断地梦见玄豹入怀,紧紧咬住我的耳朵低语。不足一月,他溘然逝去。

几年后我才明白,那或非梦境,是他与大自然及万物交流的肇始。他显然是为死亡做了惊心动魄的演练。我现在看到任何一只豹子,都觉得它一定和我父亲交换过某种秘密。我会在它面前长久地垂首。

286

当鱼落回水,玄豹返身入林;当陶渊明在南山下扫眉归去;当他们离开我的笔下,就不再是一个个符码。

它们携着一部分的我,正去向不知名处神游。

287

天凉了。同一面孔的人太多了。

我想买件隐形衣。

288

废园里,我分不清柏和桧。草木初凋,犹似说"不"。此刻我知道在某个遥远的密室,有人正捉笔,想起牡丹又画下牡丹。桧和柏,在意识的一念中长青。被虚构的牡丹覆盖着可触摸的牡丹。何处有"人生的真实"?公园门口,卖虫蛀白菜的小贩,也似被人狠狠一笔地画在那里。

289

任何一粒微尘中都足以住下人类所有的思想者。任何一粒微尘也有无与伦比的语言学殿堂与江湖。我毕一生之力,也不能穷尽任何一个如鱼跃出水面的瞬间之象。

阐释不能,描绘也不能。

290

当我们看到鱼从河中跃出,不妨认为现象的本质是,整条河流从一条孤立的小鱼身上一跃而起,茫然远去。

任何庸常事件背后都有一个反向的、诗性的空间,为我们空室以待。

291

天气清新得像一场大病初愈。

292

遗忘是世间唯一大赦的玫瑰。

293

什么是宁静?那年在山中,老佛加老莲,乱火一锅炖。小溪扯着疼,有答无人问。一筐子菩提狗粪。野狐味涂了个白花花的满脸。

跑,你像一棵野兰花无声地跑在惊立而起的陡坡上。

294

写作的语言学行动最终结果只有一个,就是重新发现并爱上这个世界的神秘性。换个说法,我们唯一无法解构的也是这个世界的神秘性。一些人告诉我：读不懂你的诗。读不懂是空白的懂，或是懂在其自身的空白中。双向的空白状态重塑了作者。这既是写与读的一种意义，也是语言作为"存在之家"之神秘性的一部分。

295

孤独几乎与单一、匮乏、颓废无关。
它恰恰是由无限溢出，对颓废的反讽构成。

296

诗歌掩藏着一个巨大的秘密，即它会迅疾勾勒出写作者的内在形象贡献给那些敏锐的读者。尤其是那些自鸣轻纵的，缺少某种应有的与诗歌的语言学行动匹配的畏惧之心的诗人，怎么写都无法蔽去其可恶的形象。这并非执着于人的鉴别，而实为对诗的一种基础性认知。

297

村东头有个七十多岁的哑巴老头，四处偷盗，然后去城里声色犬马。一天清晨，有个僧人跪在他的门口，头上全是露水。他说："你为什么拆掉我的庙呢？我乞讨了四十一年，才建起它。我从饿虎，变成榆树，再变成人，才建起了它。为了节省一口饭的钱，我的胃里塞了几条河的沙子。现在，你杀掉我吧。"

哑巴老头看也没看他一眼，又去城里寻欢作乐了。他再也不愿回到村里。今天他老病交加，奄奄一息睡在街头。

僧人仍跪在空房子前，几个月了。乡亲们东一口、西一口地救活着他。

"他们两个都快死了。"一个老亲戚在我的书房痛哭流涕。是啊，可我早已失去救人、埋人的力气。我活着却早已不会加固自己。我糊里糊涂的脸上在剥漆。

298

泪水和童年，是语言中的两座伪天堂。

299

风扑击窗玻璃的声音，像一个苦闷的人在隔壁以头撞墙。风拂过室内植物的窸窸，像一个年老的瞎子黑暗中为他的女人宽衣解带，像一条鱼从河中跃起时，它眼中古老的告别。

300

此地榆叶正黄。而她在别处老了。

"在别处"：我们挨饿的想象力和日渐匮乏的愿望，都需这三个字来填充。我们死了一半的身体，再也不能与我一问一答的四壁，都需这三个字来复活。

301

诗有非常敏感的躯体。有的地方，该放置一个像断头铡一样的句号。如果放了逗号，某种神秘气息就一下子泄掉了。故非敏感者不可尽得诗之五味。

302

无端想起禅宗三祖僧璨。隋时,后为四祖,当年仅十四岁的道信前来拜师,泪下,说:"愿和尚慈悲,乞与解脱法门。"僧璨说:"谁缚汝?"道信答:"无人缚。"僧璨说:"何更解脱乎?"于是道信大悟。

僧璨曾言:将头临白刃,犹如斩春风。何等人哉!我数访潜山三祖寺,每至,都不忍离开。寂静山道旁,仿佛每一朵小油菜花中都有一鼎沸腾的油锅。

303

我们都在为某一日心脏停止跳动之后的生活而写作。像鱼跃出旧时河面,需要一个全新的容器。仅仅是,找到一个嘴唇可以重新颤抖之地。一个可以再度立于檐下看雨之地。容器之间的贯通、两种语境的接续。

通灵,不唯是生命体的基本愿望,也是对诗歌的一种基础性认知。

304

再单纯的事物上也都悬着一把语言之锁,如果我们依赖阐释而非深深地感受——我们将亲手把自己永远锁在它的外面。

仅被阐释的鱼无力从我的河中跃起。

305

是我在河中跃起,是鱼在岸上观望。

没有一种真正的感受力是单向的。也没有一种存在是不可以被"我"这个词架空的。

306

汉语将它的每个词都置于这样一种浓荫之下：

这浓荫不仅是字形的，也不止是意义的，是那些曾经使用者在它上面留下的深镌凿痕，让每个词中都有着叶隐花啸六根事、"灯前山鬼泪纵横"的幽深。

307

只有离枝的鸟儿，还记得枝头那微弱又微妙的弹性。

唯其微弱，我们才去写作。唯其微妙，我们的语言才有可无限延展的弹性，可随意移位的充足空间。从近百余年的汉语言史角度，我记得白话文出现之前的那美妙的旧枝。我已飞离，但我的脚仍一刻不停地恢复着那弹性。

308

我的心脏长得像松、竹、梅。

这既是一种遗传，也是一种迷失。

309

宋人造瓷，追求寒花步步结、言言彻底清的澄明之味。汝窑、龙泉窑、湖田窑诸窑，都施单一色釉，形制简约守拙，内敛仁静，精神上是汉文化中明儒实道的一脉。元、清两次异族文化侵入后，单纯趋繁缛，弃拙而逐巧，讲究装饰性,汉气大体已毁,虽后来多次摹宋,却像一个久病的人想要禅定却止不住地喘着粗气,汗下如雨,终不能复其真味。

310

倘自是茶,所求者无非一杯沸水。倘自为沸水,所求者无非茶之深味。日常际遇,如有非常,都不过是魔、佛二性如茶与水在杯中的交织。魔性与佛性如不是时时交织,我们的生活便会失真。日日所见,所遇,所感,所思之种种,其至妙不足与外人道,其言存难尽于百一。如鱼出水,此水亦为沸水。唯寄此喻,是为缓饮。杯中不尽,此心伏虎,此喻长存。

311

"谷物运往远方,养活一些人。谷物中的战栗,养活另一些人。"

诗人正是被谷物中的战栗养活的那些人。

312

对诗歌而言,存在四个层面的现实:一是感觉层面的现象界,即人的所见、所闻、所嗅、所触等五官知觉的综合体。二是被批判、再选择的现实,被诗人之手拎着从世相中截取的现实层面,即"各眼见各花"的现实。三是现实之中的"超现实"。中国本土文化,其实是一种包含着浓重超现实体的文化,其意味并不比拉美地区淡薄,这一点被忽略了,或说被挖掘得不够深入。每个现存的物象中,都包含着魔幻的部分、"逝去的部分"。如梁祝活在我们捕捉的蝶翅上,诸神之迹及种种变异的特象符号,仍存留于我们当下的生活中。四是语言的现实。从古汉语向白话文的,由少数文化精英主导的缺陷性过渡,在百年内又屡受政治话语范式的凌迫,迫使诗人必须面对如何恢复与拓展语言的表现力与形成不可复制的个体语言特性这个问题,这才是每个诗人面临的最大现实。如果不对现实二字进行剥皮式地介入,当代汉诗之新境难免沦入空泛。

313

坐在阳台上。从湖滨来的小虫子飞旋。它们或许看见了我,只是无力用我能听懂的语言说出。或许它们在说,只是尚未清晰。

我垂视不知名的虫子,正如"无上者"在垂视我。存在的神秘性不在于有"无上者",不在于我们创造了它,将恐惧、敬畏、怀疑、热爱加诸它;而在于我们朝向它的话语永是单向的,我的描绘也永是单向的,这才是真的悲剧。

314

每一种古老文明都有自己的密码。中午,一朋友来访,相谈甚欢。吃完一碗卤蛋面条后,湖边漫步。水面上,柳条抱着倒置的古塔。风来,柳丝拂动,而塔影不动。遂指水面说:这就是我们的密码。

315

所谓孤独,是指你与这个世界患的不是同一种病。

鲍照说:"凿井北陵隈,百丈不及泉。"

我曾有句:须杀人以谢大雪的孤独。

316

人不应被任何观点、情绪、概念、信仰体系、教条所奴役。人也不应当被观念中的正确部分所奴役。人不应被他所处的群体和群体主流言说模式奴役。人也不应被自己的语言创造物奴役。

317

良知之生长秘不自知。

眼泪无辜如同古来的泉水。

318

石粟,变叶木,蜂腰榕

石山巴豆,麒麟冠,猫眼草,泽漆

甘遂,续随子,高山积雪,铁海棠

千根草,红背桂花,鸡尾木,多裂麻疯树

红雀珊瑚,乌桕,油桐,火殃勒

芫花,结香,狼毒,了哥王,土沉香

细轴芫,苏木,红芽大戟,猪殃殃

黄毛豆腐柴,假连翘,射干,鸢尾

银粉背蕨,黄花铁线莲,金果榄,曼陀罗

三棱，红凤仙花，剪刀股，坚荚树
阔叶猕猴桃，海南蒌，苦杏仁，怀牛膝。
四十四种有毒植物
我一一爱过它们

319

我们艰难地活在各种各样的概念中。创造、阐释、粉碎然后又去重构着各种概念。人世在概念的笼罩与循环、解构与再造中。语言创造物也常过度依附于概念才能固定下来。

我们已无法像这岸边柳丝那样轻松地拂动，像湖上弃舟那样自由地漂泊，像草丛中野虫鸣叫那样随心所欲了。概念的贫困已将我们五花大绑于这个时代。

320

我用语言将一棵柳树掏空后，又还给柳林。将一条鱼连皮带骨地榨干之后，又还给河流。只有超验的介入，物象才能有本质的还原。

321

我抱过的柳树，会有无数的别人去抱着它。没有"超我"的参与，一棵柳树不可能生长得郁郁苍苍。

322

我有足够的自信与一棵柳树在它的体内相遇。我仍有多余的力量从它体内踱步而出,并留下一部分的我在它体内。

当我步出,我已是一个挣断了绞索的新人。

323

晨,院中桂花落了一地。

想起古老的"桂花糕"。此物又称"木樨",是厌世者的解药。

324

风撞击榆树的声音。风在空无中扭结成又解构着人们所谓佛和魔的声音。风为树林剥皮的声音。矛盾又统一。多么轻微又多么美妙。新的耳朵在产生。新的树叶在产生。

325

天凉了下来。夜间湖边。每个垂钓者都是王维。

每棵树都似心中有千杯万盏不能溢出。

326

夜间烛火黯然的大排档上,三个人一声不吭地在吃一只羊。废墙头安静。老榆树安静。自行车安静。

远处,青山被一支突如其来的画笔取走。湖水正在形成。

327

雪扶着亭子从河水中站立起来。没有这场雪,亭子瘫痪在庸碌的日常景物中不为我们所见。正如,淤泥扶着枯荷从水中站立起来。它加深了某种对立。这正是我们可怜的生活所需之经验。也正如，雪地的静默中，看着这亭子，心里忽然涌出马连良的声音。

328

我们过度爱惜自己：以十足的自我作为底牌，在追逐个性的同时也成为代际隔绝的最大障碍。无法做到像旷野的苦行僧，沉浸于无名无姓，甚至连自己的跛足和丑面目都忘记了。过度爱着自我：舍不下，脱不净，砸不烂。这是写作中诸多幻觉的来源，也是这时代最难割舍的巨型细节之一。

329

当一种力量自"一人分饰两角、多角"的冲动中汹涌而来。

像《霸王别姬》中的程蝶衣，在臆想角色上生而自如，反把柴米油盐的现实生活逼进了戏中。对现有角色反复逃离，予臆想以灼热体温，这是东方艺术的本性。总之是一个我不够用了，便有两个我、多个我在这躯壳上集合。诗性自分裂中来。

过得大于一或过得不足一个。

330

诗人应该把一首诗中包藏的对语言的挑战交给读者。

他应该清醒地以一个挫败者的身份退居在"写作结束"这条红线之外的远处。

331

当一首诗处于完成状态，作者就成了局外人。它就成了一株拥有相对独立性的、带硬壳的柳树。包括作者本人在内的阅读者，破壳而入需要某种天赋。是啊，诗与阅读之间，确实建筑于偶然性和某种诡异的互信之上。

332

有人在我体内诞生，熟睡，老去，死掉。

我散步时，她在体内晃动。我与她的缝隙中到底容纳了些什么？

333

我的思想到哪里，哪里就会出现一座囚禁我的监狱。

334

"我扶墙而立，体虚得像一座花园"。

335

下午，有只麻雀久久立在我窗台上。它有一副深喉，但从未叫过一声。嗯，我做了它两个小时的知己。小时候，在旷野中，我也曾跳到那些孤独的低压电线上，跟它默默地蹲在一起。

我们在共用一个复杂而长久的语言系统。

336

我们正处于一种罕见的对话阻滞之中：对话之所以无效，是因为存在相互割裂的、不同的话语体系。庙堂、江湖、各个帮派、各个阶层：各说各的。各有话语谱系。各有各的神奇暗号。各自默默修复其频繁受损的话语权。无人伏下身来潜心倾听他者。

共通之处只剩下：疾病与药片、钱币与稀粥。

337

过一段废墙头时，听墙那边有二胡在拉《病中吟》。我站在那听。中间有一截，被大货车轰隆隆碾过的声音盖掉了。这曲原名《胡适》，还是老名更好。听这一类，我从不愿买票在堂皇的音乐厅里听，也不愿买碟来听，偶闻才是入心。在墙废柳废、人废曲废、胡可适之中才是入心。

338

秋风吹掉了一些人的脸。

一些人在干涸的河床散步。一些人扒在囚牢的铁窗上。一些人用锤子在砸核桃。一些人在算术里拧螺丝钉。秋天很蓝，足以溶掉他们的脸。一些人在小镇茶肆打牌。一个死人混在其中，只有他的脸是干燥的，是完整的。

秋天吹翻了不知所终的小河。榆树，连枝带叶地在流逝。堤坝在流逝。

339

我一直怀念人类的巫性文明时代。那是一个人体的无限潜能已近通灵的时代，是一个不必为了种种臆造的理念而斗争的时代，是一个真正把对生存的肯定置于否定之上的时代，是一个尊重万物之神秘性并在青铜上表达出了这种神秘性的时代，也是一个把羞耻当作了一种良好品质的时代。

340

好诗中都有种不能被读出的声音。它回旋在诗的最底部，拒绝被任何音律、腔调、节奏所传递。它恰是一首诗最重要的部分。为了不丧失，我一直不愿朗诵自己的诗作。可被接受的底线是：低诵如自语。环顾而及它的朗诵，总是很可疑。激情不过是一捅即破的附着物，是难以自知的表演，是包裹着沉珠的正快速烂掉的盒子。

341

风吹动水泥地上落叶的声音，也是经卷翻动的声音。

不立言，而后有齐物之心。但我们仍在抵制，仍在写下。

世间所有烦恼，其实不过是概念与歧义的烦恼。

342

笔法上，过度用险用力，常在不经意间就露了怯。这怯，才是我们自己。一开始就以一己之卑微示人，把"内心的补丁"撕开给人看的，在方法论上往往是霸道之举。

343

傍晚,细雨中嘈杂的街道。有人站在那,嘟囔着吃罢烤羊肉串。抹抹唇角的油,转身又买下几枝玫瑰。玫瑰将用来满足女人:灵长类欲望的沟壑正是靠这种花的遗体慢慢填平。

语义上的美与丑,其实在出入同一朵花。只想劝一劝这些朋友,送人玫瑰,请连它的根、根下的泥巴、泥巴中的悔恨、悔恨中的回声一块赠送吧。

344

为何语言须在真实存在的物之前示弱?因我们明白"它者"的不可知,并须对这种不可知怀着敬畏。我们知道"处弱"方能生长。这就是为何强力诗人的诗句中,布满令人头疼的疑问句式,有更多的惶然与唏嘘,而更少那种一切在握的状态。

345

我有只犀利的鼻子。能嗅到远处一颗葡萄在一堆葡萄中烂掉的气息。能嗅到一个人在人海中行尸走肉的气息。能嗅到隔着几堵墙的一只猫的气息。也能嗅到一大排柳树中,若干年后将被制成绞刑架的那一棵的气息。

过度的嗅觉,颠覆了我的写作、审美、生活。我生活在一只倒立着跑动的丧家犬之中。

346

如果没有变节、背叛、不义、歇斯底里,如果没有它们充斥于生活每一处角落，如果没有鲜血与眼泪的介入，我想，"人"这种动物是很难深深觉醒的。

我无法爱上一个被过度滤净的世界，我爱的正是这个世界的混乱本身。

347

我不会死在我的对立面上，就像鸟儿，不会被镜中逆行的自己吓着。在那里，它成为另一个，或不足一个。这样的蛊惑支配着我们：当杯子，不足一个。亭子不足一座。头颅不足一颗。(如果有昨天，它需要从昨天的位置上移开)，当陈述性的刀刃在桌上，立起。这是我们常说的"多余部分"。像映在玻璃中的脸，正慢慢地变暗下来。

348

真、善、美都饱含拒绝。

只有佛与白痴能四海一家。

349

颓废，垂直地照射着下午的物，物种。

稠密的杨柳，在一个男人心中，持久地被折磨着。它的屈从，甚至连一个旁观者也没有。而这一切，又几乎是可见的：一条河，卧在那里。

350

善良的人常会如此选择：即以过度折磨自己的方式来

祈求这个世界宽宥他的过错。广漠的人世,事实上无人记得、无人在意这些过错。但他依旧会这么想、这么做。如何折磨自己,也向来是个秘密。

折磨啊折磨,是无人会意的孤胆,也是云蒸霞蔚的源头。

351

窗外,阳光很好,像一大碗麻醉剂泼在脸上。

正如托马斯·特兰斯特罗默曾写的:"早晨的空气留下邮票灼烧的信件。冰雪闪耀,负担减轻:一公斤只有七两。"

阳光很好,我想挖一个四米深的地窖。

352

醒悟正如空着手走下山坡。

353

在这个时代做一个有最广阔视角的、最耐心的旁观者。不必相距太远,确保看清那些正经历者的麻木与荒诞不经。不必嘲笑,是他们替代你在麻木着。写下你所目睹的,要阻止自己在完成这个角色之前疯掉。

354

每逢人世节日,都要到父亲坟头坐一坐。盛夏刚过,野蒿高过人头。荆棘蔽路,浆果红透。肺中涤荡着无名花、无名草、无名果的沉醉气息。置身"众无名"中,一点儿也没有悲戚,一点儿也没觉得两隔。冢上花开曾烂漫,生死无间断。杜甫写道:"明年此会知谁健?醉把茱萸仔细看。"

355

夜深无风。湖上,波平如不忍。正如世间所有的旋律,唯有大病般的沉默是它曲终的良药。

356

秋天来了。荷尔蒙越埋越深。面具越来越美。能够分享的人越来越少。

散步的人在落叶中小于一。

357

本质的柳树在诗中:"昔年种柳,依依汉南。今看摇落,凄怆江潭。树犹如此,人何以堪!"

你们看到的,无论是垂下的枝条、醒目的绿色,还是虬结的老根,都不过是它的剩余价值。

358

许多腆着个大肚子的女人在夜间公园晃动。她们像母孔雀般高昂着头,脸上挂着那种"我已原谅了一切"的微笑。

我自卑地围着她们慢跑。她们的胎中,有李白,有卡扎菲,有梁启超,有乔布斯。此刻,小家伙们隔着肚皮正贪婪吮吸公园里馥郁的桂花香气。

359

我对碎片有难以言喻的嗜好。多年前，每逢有闲，就驱车到外省工地去寻古瓷残片。记得扬州疏浚古运河时，每日往返近千里而去，买回几车厢古瓷片。有时也卷起裤脚，一身泥土地去挖掘。

每块碎片后，都有一个丢失的整体：一种再无法重现的存在。碎，加强了那整体的气质。

360

再没有比一个残酷的和充满谬误的生存环境，对写作者是更好的砥砺了。就是这具皮囊了，里面塞的是幸福的一生还是悖谬的一生，写作无非是"掏空了来看"。要紧的是观照的诚实、下手的精准。对于没能力将其掏空的人而言，里面装的是什么，是肉池林，还是古拉格群岛，倘掉头去看，实是件无关紧要的事情了。

361

下了一场暴雨。树林里冒出腥气。是皇后不贞节的肢体被埋在桂花树下冒出的那种腥气。

湖边。依旧有人跑步。她跑得那么快，有几次我看见她冲垮了自己的身体。

362

秋雨过后，谁都有悲伤的权利。收割完的镇郊，陡然寥廓，得剁去几刀。鸟还剩下骸骨在飞，洗得那么白，在铁青的湖面和肮脏的浮云之间。

河流永不停息,却什么也没带走。它的虚幻得剁去几刀。你身着封建残余的蓝对襟袄,正穿过石板街。除了你在走的路,其他幽巷一律剁去几刀。往事如同一张至死不忍落墨的白纸。你那么困倦、低垂,像活在无限漫长的睡眠中。正如海德格尔所言:"存在无法定义,此生若遭抛掷。"那就朝着锁链剁去几刀。他叼着烟,在内心提刀乱剁,直至月影细碎、天下发白。世界之神秘源于它在刀下不会有一丝一毫的改变。

363

微醉后,独自去登山。

山中的虫子,像接到某种密令,如此浩瀚地鸣叫,许多年没听过了。有人告诫我,深夜山道独行,要谨防产生幻觉。走了这么久,幻觉却始终没来。好吧,让这亿万松树和我一起磨墨,把这不能致幻的夜色磨得再浓一些。

364

无限珍贵的乡村经验,

填补了这个时代的恶在我们身上冲出的一部分缺口。

365

我是一只纸老虎对面,度日如年的假猎手。

我是自己日渐衰老的玩偶。

366

亭子的不动,来自湖中荷叶的快速枯荣。

午间,翡翠湖边散步。白鹭的语言无须译出,就将它的自在送入了我们心底。柳丝垂向水面,也无需一个字就已说清了它自己。而我们,昏昏沉沉的废话将持续一辈子。

367

每一个智者,都是用他语言的绳索捆绑着读者进入他的表达之中。而读者,没有抗拒,就没有真正的阅读。

368

我们活着,如盲人在草丛扑蝶。

369

每个男人心中都盘踞着一条青蛇。有时,误作它是白蛇,因为每个男人心中——也总有座塌掉了半截的雷峰塔。色不障眼而俗心自误,竹林短暂而法海长存。

370

晚在公园散步,看到树丛中布满了偷欢者,他们与她们。模糊的低语,偶尔压抑不住的呻吟,令叶面微颤。叶子因倾听了太多私语而闪着幽光。树木深知:不得不长得更加茂密,以保护偷欢者的秘密。我像个负数一般,无声而迅速地穿过由他们筑成的世界。

371

世界早已逼仄到：真正的宽容和真正的敌意，都只能在同类属性的人之间才会产生。写诗，本质上也是归集同类的召唤。当阿赫玛托娃写道，河面横斜的枯枝，像茨维塔耶娃写来的一封信。须揽这枯枝入怀：我所说的"归类的饥渴"，既是写作者最可怜又最雄壮的愿望，更是上帝在语言中一种最惊险的设置。

372

我喜欢创作的中年气象：开阔，不再耽于修辞的过度雕琢，不固执于曾困于一城一池的自我；雄辩，却不再为一己之立场辩护，也不再为志异鬼怪的手段翻新鼓掌；减速，却有着没谁能推动我，更没谁能让我停下的气概。可惜当代汉语的中年气象才刚露端倪。一些人有毕生过不尽的青春期，另一些则从青年直接跃入暮年。

373

鱼儿在河中，吃着乌藻间漏进的阳光，吃得很认真，一点渣子也不留下。

如果阳光照到我们，照到我们身上的虫眼，和灵魂中浓重的霉斑。会不会疼得一阵收缩，在霜冻得黑黑的桦枝上？

我们有着更深的屈辱，却不再说出。如果阳光照着的豆荚爆裂，如果衰老的淮北平原像哽在我嗓子中难以说出，这沸腾过又平静下来的一腔河水。

374

爱真乃世间第一等枯燥之事。我甚至觉得唯有最古板、最端肃无趣之人才能体会得。世上的聪明人，因尝遍了适时与多变之乐而排斥了它不动、不变的本性，又因过度沉浸于"爱的相似物"而愈加远离了它。这些相似物是：趣味，柔情，对美这一概念的种种幻觉、性交和誓言。

375

众鸟献出各自的翅膀，搭成鹊桥，供一郎一女在此私会。国人素不深究牺牲之道，在尘世被拆开的、被处死的，总要用超现实的方式让他们复活、重圆。俗世之乐，就是目的。本质上又没有超出现实分毫。故，我国有喜庆的节、良善的节，也有悲苦的节，却从未有震慑的节、神性的节。

376

真正的爱，一定包含某种敌意。不解得这种对立之妙的人啊，尔之情感就是一摊无味的淤泥。

377

好诗常有一种遗书的气质。这股子狠劲却不知要抛向谁。不确定的读者才是真正的读者。一首诗在无尽暗处拥有它涕泗滂沱的儿子。当它先行，它知道有这一刻。

遗书气质：当一草一木尽皆肃静的良知。何物羡人，二月杏花八月桂；何物催我，三更灯火五更鸡。就是封最通俗的遗书。

378

我从不觉得一头巨鲸的跃出比一只针尖般幼鱼的跃出,在语言中更具力量。中年之后,我们寄身于世所需的体积越来越小了。

杜甫说"波澜独老成"。

379

耳朵在轰鸣与寂静中被磨得尖锐,此为常态常理。而耳朵,亦会在目盲、失聪、失嗅、无触中被磨尖,且更见奇妙。每个人都存有打通五官的通灵天赋。

可悲的是,当目盲来临,绝大多数人遗忘了可以替代眼睛的双耳,可以替代行走的黑暗。

380

二胡声从亭子溢出,在空气中雕出几根枯荷。此乃东方人的表达:我是枯荷佛是泥。

听过最好的一段二胡,在北京一条死胡同:小院。晚报。自行车摊。墙上绘着老革命者头像。瓦缝里枯草像一年一度的游侠。理想主义崩溃后的时代。写在草稿里的某年某月某人。我穿着白衬衫,一无所思。对往事只求了断。

381

你有乱纷纷,我有不言语。你有浮世一座,我有白发三根。

382

"我是个空心人。我是浑身绑着毛线的空心人。我抵抗世界的方式就是这么简单，把自己掏空了，翻来覆去、晃来晃去地给你看。我是个空心人。我喜欢穿花衬衫。我也是彩色的死神。"记得十多年前某日，酒后穿过肮脏的甬道。为路边歌手在香烟盒上，即兴写下这歌词。那日，京城薄雪。

383

天才都是冷漠的、冷酷的。无论他们如何在宴席上肆意调笑，如何在床上龙腾虎跃，如何在纸上枉担赤子之名，他们都是冷漠和冷酷的。他们的内心是天下缟素。

384

一首好诗，只有去路，没有来路。我们看到许多诗人在阐释，都企图将这"来路"讲清楚，瞧这是多么徒劳的一件事。写诗为世界增添神秘性，来源的混沌与爆发时的意外，是它最可爱之处。诗人的阐释都是建庙的手在拆庙。一首好诗，甚至不需要作者。从一首好诗去追溯一个诗人，既是不可能的，也是不应该的。

385

宇宙过小而芥子过大，谁不曾发出这样的喟叹？
我看见水面跃出的每一条鱼都在这喟叹之中。

386

这是一个猜想：我们每个人曾像梅花一样亿万次来到世间。只是碰巧这一次，在别人的眼中显示出人形。

对自我的确认永在游移中行进。没人敢完全寄望于"下一次"，甚至连"这一次"也并非一下子袒露而是一点一滴凝成的。不到最后一锤，你找不到自己完整的形状。

对于这猜想，你永不是镍币被猜中的这一面。

387

一个作家过度沉积于竞技的实践，从当代阅读来看，他可能到达一个最好的自己。然后在死亡时，对自我交卷，那可能恰是一个最坏的自己。

388

上帝给思想者和诗人布置的最后任务可能只是：描绘。

它基于一个假设：我们不曾看过那早已揭开的谜底。我们涕泗横流地去猜它。我们的痛苦是猜测的痛苦。我们的质疑是手段的质疑。我们假设那被固定在答案中的，只是"我"的替身。唯有如此：我们描绘被大风卷来的大海的一角。我们在你体内落着茫茫的柳絮。

389

盆中，兰花解开裙子，说：最后一缕香气，是牺牲的香气。是啊，通灵者往往只用嗅觉来沟通。能用"孤独"二字表述的孤独都不值一提。路上，初夏来了。女人的线条来了。暴雨来了。被视作幻相的真相来了。

390

对一个诗人来说，最重要的，绝非摆脱对这个世界永不可解构之神秘性的恐惧，而恰是加深这种恐惧。

391

好诗借由阅读进入视觉、听觉、嗅觉、触觉的齐鸣。表达会设置一个终点却让你看到终点之外，此"之外"即诗之况味、语言的回声。也就是说，诗是一间包含着回声的房间。

但伟大的语言实践从不止步于此：好诗会以突然性的破坏，突显对某种内息圆满状态的抵制与不屈。此抵制与不屈乃真正诗性所存。

392

马尔克斯说："世界还太新，还没有名字，你必须用手去指。"现在是初春，我们扬手所指之处都在发芽，所指之人都似曾相识。

事实上我们能够指出的东西，已无力引导我们步入新途。我们的手偶尔会被某种神秘力量逼迫着指出一些东西，那里才布满惊悚与喜悦。这种神秘力量让我们的心从它荫蔽的"漏光"中感觉得到却又分明在阻止我们指出的另一些东西，才真正给我们山崩水断的恐惧，才是我们终将脱胎换骨之处。上帝创造一个新世界和一轮新命名的方式，永是让新的手指在痛苦中长成,永是让我们勉力指出却永难言尽。

393

春雨连日,从北到南。地上的洞穴都已注满。

去年的种子开口说话。去年的遗物玉石俱焚。河边,鱼嘴向上,形成低声部的合唱。闭着嘴的人一脸浮肿。

394

至繁之形与至简之义。至繁和至简中都蕴含着神圣。至繁和至简,都消磨着那不可名状的耐心。

消磨啊消磨。一直消磨到形销义散,形与义合。消磨到从"我见"中涌出的梨花与从"我思"中涌出的梨花一般洁白无瑕。

395

如果说诗歌与哲学以开掘世界更多的神秘性作为自身的解困之道,我们有没有能力在已知与未知上同时进行这双向的踱步,即向已知之物新注入蒙昧,让我们拥有再一轮解构的荒田?

396

所有现实的重大事件或写作本身,都可以从现象学角度还原为最初的单纯一念。这一念起源于某种超验的纯粹意志,我们只是它的替身。这描述本身也体现了对生存之戏剧性的迷恋。无论最终战胜恶的是良知和善，还是更强大的恶，这些博弈都不过是纯粹意志在先验世界之互搏在现实上的投影。我们作为替身在语言中所能抵达的，只是被这戏剧性捆绑着与它一起欣喜或战栗。

397

在柳树林里，我是榆树：并非刻心求异，不过是对自身的守常。

在榆树林里，我是柳树：并非环境推动的身份转换，只是对生而自明之物，实在无须自辩。

398

枯草上顶着雪，鱼嘴上烂泥巴孤单地响着，在衰败的乡村寂静上呈现出语言难以到达的万古愁。

399

诗之吊诡在于，它是并非全由诗人，而更多依仗于词语自身神秘运动的产物。诗人掷出词语如大珠小珠落玉盘，词语携各自力量如珠之滚动、碰撞，它的不可控导出无限空间。诗人确立容器，内在发酵与生成，有混沌的一面，远超人之意志。小说则相反。故小说家自身容量大于他的小说之和，而诗人小于他的任何一首诗。

400

过冬的榛树林，呈现删除之美。湖上，一只野鸭子伸长脖子孤零零叫着，仿在呼唤另一只。细想来，世上所有的"另一只"，都深浸于虚无，都不过是另一幅被弄脏的自我的镜像。为何我们总放不下系在"另一只"上的一颗心？我们放不下，删除才显得那么美。

401

午餐。盘子里。鱼唇上卷着细白的浪花。筷子上退不尽的湖水。我慢慢地，慢慢地吃着。筷子是我们面向万物的凶器。筷子在追逐着湖水深处的鱼群。我吃鱼，是因为我孤独。

402

人类最伟大的冲动之一，是刺血写出种种"伪经"，舍身去实践种种将被证实的"伪真理"，用语言构筑种种幻境。当我们享受种种语言之幻境，甚至不惜以切实的生存与之置换。撇开伪之论定不谈，"虽千万人，吾往矣"之境地，一种全然的伪以其单纯而足为一颗伟大心灵的容器。

403

孤鸟，不因身在鸟群而弃其孤心。群，不过是孤者的短暂集合。孤不是状态，而是立场。一孤念动，身在亿万。湖边，点点之白。孤鸟转动它冰冷的记忆力，其中一只，犹记得它曾经是我，或记得我曾经是它。

404

入冬的桦树,是湖畔的苦行僧。它映着远处破亭子,把一幅深沉的好画轴钉在我眼球上。它为何这么简单就表达出了它自己?只几根光秃秃的枝条而已!而我仍不得不寄身于这么复杂的情感、复杂的修辞、复杂的关系中,连散步都心神不宁。湖边的一切,都被卷入我复杂情绪的旋涡里。是我造成了万物在此旋涡中的挣扎。我的痛苦,正是这难以寓繁于简的旋涡经久不息的痛苦。

405

空气中充满了闷棍。

只有被击中的人才觉得自己像一座语言的废墟被唤醒。

406

初冬湖面:一张越擦越亮的冥思的桌面。

围湖长堤像一根绳索捆着这湖面,某一日,它将捆着它远去。这如同两个人的故事。一物的呼,与一物的应。枯枝横着,倒影像湖底伸来的呼救之手。两条银白的小鱼游着,一条静静跃离水面,另一条拂袖而去。如此的呼和应慢慢融化着我僵硬的心。唯此一刻,觉得世界是可解的。

407

遍地的柳条,遍地的绳索:人被捆绑在语言中。遍地皆绿,那就让我这根枯枝旁逸斜出一会儿:让湖水映着我的不合时宜,让湖水映着我的愚蠢。

我既呆坐湖边,又目睹自己在湖心不停跃出水面。彼此的换形、相互的松绑、一致的掏空:愿语言这根绳索永把我与最缄默的物体,共绑于自由价值的最小囚室中。

408

跑步。浑身布满一闪念。我的身体正是一闪念的集中营。

写作犹在无数一闪念的漫长卷轴上铺展,预设的是图穷匕见,虽每个细节都能感受匕之寒意、匕之逼迫,但最好是它永不显现。鲍照说:"凿井北陵隈,百丈不及泉。"妙就妙在"不及"二字。"不及",才有永恒的饥渴和淋漓的敌意。杜甫说:"良工古昔少,识者涕泪出。"

409

当我跑至湖边,湖水刚刚形成。当我看它,我的眼睛刚刚形成。当我感觉到敌意,语言刚刚形成。所有关于旧的追索都不过是现象的断头台:当我写下"昨日"二字,它在这一霎刚刚形成。所有人与物的传统都不过是一种假定。正是对此假定的饥渴,让这风轻,让这月明,抖动我饱含四十余年虚值的骨骼。

410

夜间柳树是透明的,也是敞开的。我把自己慢慢往里面塞着,直到"我"溢出来,直至我自己也拂动起来。

我往柳树中填充着色彩、语言、眼睛和不安。我有物性,我更有物哀。

411

写作建立在个体生命的醒悟之上,然而写作的道义并不在此终结:事实上我们每次写作,都动用或模拟了别人置于我们体内的积累。这积累,一部分来自我们自主的选择。更深刻的部分是被强行放入的:读到强势作者,内心仪轨的被更改几不可免。且最重的积累往往不来自文学而来自宗教或完全无意于立言的人。

412

一株老柳:
它从我的披头散发中看见它;
我从它的披头散发中看见我。

413

只有少数瞬间我懂得了什么是"信心清静"。

多数时候,陷在各种事件里、各类情感里不知所措。茫茫然,没有此,没有彼。比如此刻,屋里的每个物件,杯子、椅子、光线中的浮尘、旧碟片、壁上的回声,包括这件硬陶,都像从我身上割下的碎片。

414

语言的世界有巨大的投影。此投影即现实的世界。这因果不能倒置。它们相互地批判,正是诗人的存身之所。我听见语言的斑鸠,在反驳树上的斑鸠;语言的青蛙覆盖了夜田的青蛙;抽象的我中坐着实在的我。

两种斑鸠两层我：正从语义上掏空彼此。是本质的二拖垮了现象的一；是无中的我击倒了有中的我。

415

见两个光膀子的，在夜间路灯下吃瓜。瓜放砖上，咣的一拳砸下。一人抱一半，不吱声，猛烈地啃，整张脸都埋进去了。没走多远，听见背后咣的又是一拳。多年前，我也常是这个吃法。可惜了，这些年提刀切瓜，已废掉我这只牛逼的旧拳。

416

痛苦是一种能力，我看到社会肌体正快速丧失它：时代的自我，在情绪阶段就完成了，不再下沉去追索这种能力。既无力处理个体悲剧资源，也无力反思种族集体性沦陷。没有痛苦只有情绪；痛苦向来蔑视自身的对立面，而情绪时刻都在对立中。大家都抢着在情绪阶段发言，很少有人有能力沉到痛苦的淤泥中才开口。

417

长堤上，柳树呈现一种被催眠之后的美。
一种无须确认自我，也无须否定其余的懵懂之美。

418

这个时代最重要的主题，我觉得并非别的，正是"匮乏"二字。由过度的物质、过度的欲望、过度的信息堆积而成的匮乏。倘以前，由诸种不足导致的彼匮乏，折磨的是身体，那么由过度而致的此匮乏，直接消耗着意志力。

此匮乏，有更多的戏法、障眼术、变种。与它对应的写作，是以语言的困境去逼迫生存的困境。

419

废弃小园不知自身已被废弃，垃圾铁锈与枯叶交织的气息。而墙外修剪整茸的灌木呈现强制性的美。两种景象对峙着。其实并无对峙，是人类以为的对峙在对峙着。这就是我们的有限，无时无刻不在强化着此限。

人因有限而现形，因有限而爱。我们游弋在有限这口油锅里，何时重获当初在河水中的那种自由呢？

420

我驱车前去扬州。刚驶入高速公路，忽然涌出一种异样的预感。这异样卡在喉中，无以言述。我随即掉头而返。

我知道，埋伏在前路准备偷袭并一举击垮我的某物，无形而诡异的某物，也不得不愤怒地起身离去。

421

万千雨滴中，有一滴在痛苦地翻滚着。我确知有这么一滴，但却无力将它从万千雨滴中析离而出。此痛苦不来自它在万千之中的深藏，也不来自这万千自体的繁密，它恰好坐落于观察者为这一滴而强设的"分别心"之上。

422

来自任何方向的对写作的干预力量,倘被前置为写作的目的,都将遭到写作本身的竭力抵抗。我们确有能力令语言聚沙成塔,但堪称伟大的写作依然是令塔之幻影渗入每一粒沙子里。

423

只活几秒的飞蠓也有对永恒的渴望。它们一样攻城掠寨,划分流派,建立纲领。它们发出自己的吼声。但我们听不见飞蠓的吼声,也听不见樟树、蜘蛛、灰鼠的吼声。我看到对面窗内,绝望主妇趴在男人身上做爱,器官的运动美如浮云。但一朵浮云听不见另一朵的吼声。我们因于愈来愈小的自我,化成灰烬也不被墙外之耳听见。

我们止步并沉醉于墙本身。

424

拦波堤上飞逝的出租车,下夜班的白大褂护士,卖羊头的大排档,夜巡的蝴蝶和它体内的庄子,抓着松枝下坠的露珠和它体内的加速度,湖水中旋转的星斗和那些在大质量星球边坍塌的光线……这些都是我每晚必须吞服的药片。它们也从四面八方注视我、吞下我。

我们互为解药以平息我们庸俗不堪的言语孤独症。

425

小时候顽劣无比,母亲常用柳条狠狠抽打我。有一次我绕着池塘逃窜，母亲久追不上，就站在那儿哭泣。我掉头回到她的柳条之下。当年挥舞的手如今老去。许多时刻想回到她的鞭挞之下。抽掉我的声色犬马、日渐虚无，抽断幻我万千，抽出肉中黄土。世上的每一个母亲包括母马，都有权置我于鞭挞之下。

回到世间每一根树枝鞭挞之下。回到每一个汉字的鞭挞之下。

426

我每晚散步有固定的椭圆形轨道。

绕着以翡翠为名的一座湖，像坎坷的行星绕着恒星。对岸的人看见恒星在我身上的反光。我的克制、我的匀速、我庄严的屁股，都是他们臆测的目标。他们发射机械人来我体内探险还是密谋将我摧毁？他们是知道一有多种、二无两端的人类。在他们眼里，我这个异己通体蔚蓝又难以告人。

427

击中一个人的，向非全貌，而是细节。不是呈现出来的细节，而是雕它而出的那只手。不是那只手，而是控制着手的那颗心。不是那颗心，而是此心在无限混沌中突然涌出的刹那清明。甚至，不是这刹那清明，而是何以有这清明！

"何以"，是一切神奇语境的根本。

428

我确实太笨拙了。当笨拙作为自卫的武器时，它常是失效的。

而当它转为攻击的武器时，我又几乎找不到目标。

429

诗对物象世界的无穷索取，物象对自身诗性的无穷索取，是我此生遭遇的最美现象。

但诗的自由从不是一种盲目无着的自由。它是以语言的绞索将"名"与"实"两者都牢牢捆绑于具象之中而此具象又内生出无限空间，能够无碍呼吸与生长的自由。

430

白鹭拖着一根弧线，快速掠过湖面。无数碎片构成的湖面。

世上真正忠实之物，都是这样既不立言，亦不立德。白鹭不知自身之白；不知它曾经是我；不知它是我时曾屡受这白色之累；不知人类唯依赖黑与白的对立幻觉才能完成对自我的消费。此"不知"美如薄雾。岸边仅我一人，我不得不代表全人类接受它的嘲讽。

431

今日小疾。无腿。无眼。无耳。无嗅觉。无身体。无茫茫然。无悚然一惊。无汗。无入暮之钟声。无长亭。河水尚未形成。无往事。无住。苦闷短于三尺，案牍消于无形。

无饮。无别离。无涕下。

有一跃而无鱼。

432

制度让狮子误认为吃掉足够的夜莺就能学会歌唱。

而我们愈来愈发现,狮子远未杀尽,林中的夜莺已经不多了。当夜莺的梦想也趋向成为狮子以食同类。显然,我们离歌声绝迹的日子不远了。语言并不屈从于这狮子之误。我们能从一个时代的文本中精准嗅出制度的气息,正如能从某首诗中的一声咳嗽,辨出夜莺般的曼德尔斯塔姆。

433

只活几秒的飞蠓,一生就在这几秒中漫游。这几秒中有开阔的山水,也有无垠的别离。这几秒中有人慢慢,慢慢地白了头。我在夜间公园漫无目的走着。一边写下一边忘却。或者从未写下,也从未忘却。风儿扑面如大梦初醒。我在这里,也在那里。

多么好闻啊,到处是枯草焚毁的气息,到处是露珠刚刚诞生的气息。

434

诗是语言的幽灵从工具性这一核心急遽向外逃逸。当它抵达与视觉、嗅觉、味觉、听觉接壤的边界地带,在五官的交集处,语言对这些感觉的自由体发起攻击。它因在搏击中的扭曲变形,以及深度的自我麻痹,而生出诗的肢体。

与其说鱼在河中,或河在鱼中,不如说河水在鱼的那一跃中,而鱼在河水的被撕裂中。

与其说诗在语言中,不如说语言及它与直觉的一场盲目之战共生于诗中。

435

下午。漫长的书房。我在酣睡。而那些紧闭的旧书中有人醒着,在那时的树下、在那时的庭院里、在那时的雨中战斗着。一些插图中绘着头盖骨。那些头盖骨中回响的乡愁,仍是今天我们的乡愁。

我在古老的方法中睡去。

永恒,不过是我的一个瞌睡。

436

文学不会死于它无力帮助人们摆脱精神困境,而恰会死于它不能发现,不能制造出新的、更深的困境。困境之存,诗性之魂魄也。伟大的写作者奔走于"困境接续"的途中,而不会长久陷于写作的技术性泥潭。此困境的巨大语言镜像,构成了文学史上的群峰连岳。

我知道,我屈居于修辞之中的痛苦一课结束了。

白头知匦集

中一

437

诗是从观看到达凝视。好诗中往往都包含一种长久的凝视。观看中并没有与这个世界本质意义的相遇。只有凝视在将自己交出，又从对象物的攫取中完成了这种相遇。凝视，须将分散甚至是涣散状态的身心功能聚拢于一点。与其说是一种方法，不如说是一种能力。凝视是艰难的，也是神秘的。观看是散文的，凝视才是诗的。那些声称读不懂当代诗的人或许应该明白：至少有过一次凝视体验的人，才有可能是诗的读者。

438

艺术的精妙在开合之道。开，则灵视八极，神游万仞；合，能于瞬间凝神敛翅，轻松地厘清眼前一物：正如"诗中最艰难的东西 // 就在你把一杯水轻轻 // 放在我面前这个动作里"（陈先发《白头鹎鸟九章·绷带诗》）。鲍照在《舞鹤赋》中说"轻迹凌乱，浮影交横"，意驰则形远，意住而神清。所以禅定中能见"乌鸦似雪，孤雁成群"。在形与意之间，需要一种极致的专注力始终在场。开而不合，恒河流沙。合而不开，顽石一块。开合之妙，正是诗中之凝视。

439

从自我审视中产生的深度不安，是诗性的基石。

其中最紧迫的力量，是要懂得"生命本身的盲目不可撼动"。写作，企图颠覆的正是这种盲目，但最后的收成必是两手空空。只有对终无一获的侧目与吟咏，才是诗歌真正的通幽之路。

440

雪因凝神而白，风因不安而动。

诗因呼应着个体生命在本质的盲目中偶尔闪现的觉醒而长存。

441

诗的不安，并非要在语言中确认个体生命的脆弱和易逝，而是始终焦虑于一己之生命如何有效地去突破个体。所以雪落和风吹，皆是内心的溢出。写作并非是要消除生命的不安，而是要让生命的不安变得像微风吹雪一样自然、率性、动人。

442

但生命的盲目绝不同构于语言的盲目

生命的盲目，时而是语言的明灯

443

如果说诗成熟于对个体生命不安的自我抑制，那么这种抑制的真正迷人之处，在于它同时也将展现诗人之不安与诗之凝神两种状态的奇异互动。

诗以这种方式去面对一个真正的难题：在公共空间里不断被驯化、模型化而渐失活力的"语言危机"，如何在个体之上得到深刻的矫正,甚至是被再次激活。我很难想象一个没有语言危机意识的人,会是一个好诗人。

444

诗可以是柔腔百啭的灵喉,当然也可以是令人心灰意冷的裹尸布。

可以是悯思,当然也可以是喷嚏。生命的不安如此深固,它迫使语言从触目皆是、瞬息万态的物象中刹那间找到诗的身体。

445

湖水说"不",
遂有涟漪。
每一个缄默物体都在等待诗去
剥离出它向语言发出的呼救声

446

诗的身体不可说
这欲言又止的恍惚不可说
这一身迟来的大汗不可说
芭蕉叶上漫长的空白不可说
语言被强设为诗之身体的无尽丢失不可说

447

我在多年的散步中保持着一个习惯:走一段路,就站一会儿,抬眼瞩望路边树梢的最细枝。据说这样能凝聚起因年岁渐长而日渐溃散的视力。

诗之看见,当然要远远通透于眼之所见。诗,须在最细微处形成最刺穿的观看和最充足的弹性。只有在最细最摇曳的枝头,诗才能稳住她的脚尖。

448

像一根柏枝被风吹离原本的位置。

诗必须认识到,并不存在一个原本的位置,它于同一瞬间在不同的位置上曳动不息。

一个词被放错位置而猝然爆发的力量,时而触动一首诗的形成。被"放错位置"的幻识,是诗之律动。

449

午后的湖水在任何时代
都像一场大梦
白鹭假寐,垂在半空
它翅下的压力,让荷叶慢慢张开
但语言真正的玄奥在于
一旦醒来,白鹭的俯冲有多快
荷花的虚无就有多快

450

诗之要义在于深知诗之无力。

诗的爆发点,并非此"无力"而是此"深知"。

451

诗的凝视之道在于,明知"已是第亿万次重返枝头的新花"在目睹"已是无数次凝成人形的我",但相遇时,又有"每一次相见都可以是第一次相见"时的惊讶与欣喜。这在认知上是还原,在写作上是新生。

452

诗迫使语言从惯性中醒过来,甚至是从一种醒着的状态上恍如再度醒来。

是醒着的叠加。

人其实是非常容易昏睡过去的。如果不能对这个世界滋生出新的感受力,那么无论你是在走着,在笑着,还是在写着,你真实的内在状态是"睡着的"。诗对一个人的昏睡状态葆有浸入和冲撞,以加速诗自身的形成。

也需要从语言的假寐状态中醒过来。

453

忧患是诗之始。

两者也会剧烈地交换身体:诗是语言之忧患。

454

三月暮晚

水浊舟孤

鹭鸟轻白

影如墨淡

虚实交加

呼吸绵长

黑池坝是什么？

一座语言的无梁殿！

455

说"诗是什么"比"诗不是什么"蕴藏着更多的风险。说"万物皆有诗性"事实上是避让了"诗不可说"的深沉困境。

456

有一座需要眼睛来辨认的黑池坝。在这座小湖的里面，内置着一座座需要靠嗅觉、味觉、听觉、触觉来辨认的黑池坝。哪一座，才更为充沛？这要看是一个生者，还是一个深埋在它之下的死者在感受它。是哪一个我在感受它：是正闲坐阳台听着一段古洞箫曲的我，还是在黑暗中辗转不眠的我。是我的哪一种形态在感受它：是幻化成了墙角一枝黄花的我，还是在湖边枝丫间正苦苦筑巢的我……

我已搬离湖畔多年。当我远离了它，一座已在视觉系统中被彻底掏空的黑池坝降临时，单一感官无法独自达成的、无碍无顾的心灵游历，才真正到来了。

457

每年冬末，遍地枯藤，欲迎初雪。

隔着散布浮冰的湖面说话，声音沉不到水下去。总有人不甘心，想说清些什么。夜间，破冰之声轻而凛冽。

有一种确切的忍受,是一年中最好的时辰。

458

二十世纪二十至四十年代,黑池坝边艰深的荒芦苇荡,是刽子手行刑之所。据说刽子手在湖水中洗濯双手双脚后,从不直接回家,往往绕着古城墙暴走两个时辰,再随意找几个陌生人聊上几句后,才踏进自家的门槛。刽子手有了闲钱,爱开盐铺、当铺、私塾或结交跑码头的朋友,但绝不跟放风筝的人、街头算命的人讲话。刽子手睡觉时,也从不解开束在腰间的红缎带。在唯物论坚如磐石的那些岁月,有关冤魂与报应的闲说,无人确信,却也从未断绝。

459

世上任何一处的柳树,我只有在内心迅疾地将它们与黑池坝的柳树进行猛烈的对照验证之后,才能确认它们是柳树。

460

现场的、现状的、现象的黑池坝
也是一个霎时的、无法追溯的黑池坝
我活在大自然中,也活在一种可能而深刻的盲从之中

461

作为一座时间遗址的黑池坝,紧紧覆盖着每一天都能听见周边小区新生儿啼哭的黑池坝。

一个婴儿身上满溢的、无须添加一丝一毫的某种成熟，和这座遗址每一秒钟都在被行人情绪篡改的单纯：这种浑然天成的一唱一和，又仿佛是理所当然的奇特对应。

462

如果我不曾有臆想的、幻识的、被粉碎又被重构过无数次的黑池坝；如果我不曾见深夜的雾中湖面，突然伸出一只巨手堵住我欲纵声一哭的嘴；如果我不曾觉得我和黑池坝，是两个苦于为各自欲望所钳制，又挣扎着相互渗入的生命体，那么，我就不算在她的怀抱中真正地生活过，甚至不算真正地"活过"。

463

诗中一个重要的部分，正是想涌出纸面又被堵住了的词，是不曾现身，却让那些敏锐心灵捕捉到了的"真正的声音"。

464

在密布黑池坝西侧的小酒馆中，我们昏天黑地地豪饮，贯穿了整个九十年代。一些小酒馆的屋顶，由劣质沥青提炼的油毛毡，换成了石棉瓦，再换成钢化玻璃。檐下穿梭的燕子，宛如同一群，却可能已是第五代了。岸边，我忘不了的"铁锈味"。纳博科夫说："水流动的时间，没完没了……"座中人，有一个地方电台的主持人，是个虬髯客。酒酣耳热之际，便有人起身灭了灯，听他捋须高诵东坡的《前赤壁赋》。"击空明兮溯流光","寄蜉蝣于天地,渺沧海之一粟"。小酒馆外,池水青黑。游鱼入碟。耳中,布满了赤壁月和窗外月仿佛在相互碰撞的奇妙微响。

465

初夏的黑池坝岸石上,蚂蚱身如碧玉。它跃起时,翠琉璃般两条细腿猛蹬一下石上的青苔。被搅乱的苔痕微腥。湖边跑步的少女胸如青笋。她身边的风,在一种加速度中顺着衣襟泄向湖面。一股不知名的蛮力,在嘴中即兴而来的几个词中涌动。

466

昏聩灯光下,忽然显现在稿纸上的一个词微苦。
谁借我之手写出诗句,谁必负有神秘的责任。
像旧铁犁剖开田埂,猛地溢出了一种别离气息。
我想起父亲死去,已经八年。

467

盛夏的湖面蛾蠓翔集。对黑池坝而言,它们是数量最为庞大的原居民。蛾蠓视力很差,时而撞了我一脸。它们听力似乎也差,怎么吆喝也驱不散。是什么样的密令,统一了它们同起同落的惊人节奏?微如幽灵的小翅膀如此一致地挥动,群聚群散,黑焰般起舞。像普鲁斯特在《追忆似水年华》中围绕失眠展开的,那些令人窒息又无限迷人的段落。

在如此紧致密结的队列之中，个体生命的孤独，又该如何传递呢？

468

诗所拥有的，是一种变幻不定的结构：一个词的力量，会被另一个词凶猛地吸收掉。

弦月下，池水黝黑。是一种什么样罕见的耐心，才能把墨水磨得如此稠密而沉着？像一个词临近衰竭。月光也仿佛被稀释了大半而显得更加疏离。

469

"亭子的飞檐，像死去的雨燕的骨架"。

黑池坝上有一座灰脊白梁，内置回廊的砖石亭子。卯榫的合唱。有一种均衡的力，在固定着它。我无数个夜间的散步围绕着它，却从未走进它的里面。在史蒂文斯笔下，它应该被命名为"坛子"。漫步中的无数个我，是裸身向这只坛子涌动的荒野。

470

二〇〇四年十月的一个下午，我驱车奔赴一个朋友之约。从黑池坝边小路通过时，引擎的轰鸣忽然形成某种旋律。隔着玻璃看见对岸秋林丛叠，色块斑斓，像几层声音的纸摞压在一起。几乎在瞬间，一首诗从我心中迸出，我一字未改地写了下来。对那一刻的莫名召唤，我只是个忠实的记录者。这首名为《丹青见》的短制，最后两句是：

"死者眼中的桦树,高于生者眼中的桦树。

制成棺木的桦树,高于制成提琴的桦树"

471

我在黑池坝边,曾结交过一位以制作古琴为业的老师傅。他告诉我,制琴步骤有十三:选良材、塑外形、凿槽腹、装木胚、裱面布、上灰胎、装琴徽、髹漆、精磨漆、抛光、置雁足、安琴弦、调音律。

他在每一道工序中旁若无人。其专注,像卡夫卡讲的那种"半死人"。我常在一旁呆看两三个小时,也无一句对话。手头活罢,身心松弛下来,泡一壶六安瓜片。他教我在工房中辨识了桐木、杉木、梓木、楸木、椿木、花梨。

在桐木之中,他又能细辨出青桐、泡桐、椅桐、黄桐、白桐。《太古遗音》说,伏羲见凤集于桐,乃象其形,削桐为琴。长在山的阳坡和阴坡上的木头,成琴后,声音又有微妙之别。"创造出一种无与伦比的声音……其实这种声音,早游弋于天地间,你的制造不过是你的捕捉。""琴和琴声,都只是模拟。"我想起荷尔德林晚年痴呆后,每天安静地端坐在门槛上,看一个名叫齐默尔的木匠干活。

472

初冬枯草伏地

轻霜之上有鞭痕

473

多少痉挛辗转的神经在这块水边追问自己是"主"还是"客"。

而世间,只有旋转的镍币在决定取舍。

474

随我远行踏遍千山万水的黑池坝中,有一座病中的黑池坝曾附着于我的焦虑,曾在插满了氧气管的呼吸机上。

父亲逝去前一年,我每晚数着被湖水舔舐的砌岸乱石,每晚获得的数字都不一样。

那些被我丢失的乱石,如今安在?

我有一座从未被治愈的黑池坝。

475

在静态和动态的垂柳之外,有一种语态的垂柳。

"长安陌上无穷树,唯有垂杨管别离。"这个通神的"管"字催人泪下。

476

黑池坝边,烟熏火燎的小吃街和肮脏灰暗的菜市场,是我的炼丹房。

每个人的出入,带来一个词。每个事件的冲突,炼成一种语法。我的情绪和我的老去,是这丹炉中不熄的烈焰。

477

每天用一段时间高度浸入一个词

到这个词的内在空间散步

在这粒微尘内建一座寺院

不是受控的行动,而是自由的行动

不是止息于词的边界,而是凝神于自我的呼吸

478

一种消亡必伴一种再生

漠视目的,漠视牺牲,漠视收获,也漠视审判,此为消亡之美德

一种消亡在语言中都有一个"扶棺人"

479

每一首好诗都是某种深埋之物的再现

埋它的人无法遮蔽自己。埋它的手、埋它的铁锹、埋它的瞬息与面容,都会从语言中涌出来。没有一种诗能捂得住这种生命中最汹涌的律动

因为显现是诗的本质

480

一首诗的形体和每一次精微的脉动,

对构成它的词语都是一种最神秘的回报。

481

许多时刻,弥漫在我周围的沉默仿佛是
很多年前另一个人
遗留下来的
一首诗中的沉默是这个诗人最难解的遗产
它是牢固的,个人化的,也是充满弹性的
只有遭遇最沉浸的倾听时,它才涌现出来

482

醒悟是一种深刻的丢失

483

沉默不是由这几根枯枝,和它统辖的这片静谧湖面所创造。

也并非鹧鸪突兀的叫声背后,所携带的某种东西。不是此刻闲坐于十七楼阳台的此人,从玻璃漫射之反光中,所感觉到的恍惚。不是下午三点的微风轻推开深褐色扇形木门,把难以觉察的水光,输送至卧室棱镜中而形成的几块淡影。

沉默并非这一切的总和。它不止是感觉系统的,也不是逻辑范畴的。它甚至不是湖畔荒苇被烧成散落的灰烬之后,依然能被一个人分辨出来的呼吸。如果必须形成一种定义,那么,它是这呼吸被一个人锲到他的诗中——这些呼吸重新变得急促、灼热,并尝试着再一次唤醒别人。沉默,是这个人静置于他语言中的一种构造。

此刻，这个人就是我。

484

一个写作者最不可思议的企图是为他所捕获的沉默命名
当此静默中，分明又有时代全部的喧哗与躁动

485

每声鸟鸣中装置着一只戏剧性的耳朵
我们听到些什么
又能说出什么
当弹弓孤悬在墙
是鸟鸣把我们
埋在千疮百孔的寂静的深处

它们有足够的语言的虫子来喂育
大张着嘴的下一代
看着窗玻璃外空荡荡的原野
忽觉得至深的缄默就在我与鸟鸣共享的恒久饥饿中

486

听见而非目睹诗中的空白
呼应而非单向接纳语言的缄默

487

特朗斯特罗姆曾说，雪地鹿之足印是词，雪地的静默

与蛮荒才是语言。

我延伸一下这个说法：有能力让空白与缄默显形的，才是语言的精妙。空白并非视域的一无所见，而是语言对世界追踪与辨认、释义与再创中的脱胎换骨。

488

当一个词蔽眼，世界是黑的，置换了另一个词，世界则全然洞开。

一个写作者在某个瞬间能否进入语言，其开关往往掌控在一个词及其对相邻之词的撞击上。

卡夫卡用上句"德国对俄国宣战"，撞击了下句"下午去游泳"。

489

词是构件：在整体结构中它如何受力？

词：在非母语系统中又有怎样的命运？

因为这两个问题，这些年我从梁思成的《中国建筑史》和一份专注时事政治领域的译文类报纸《参考消息》中得到的灵感，比我读过的任何一本诗集都要多出许多。

490

不能被两双以上的耳朵所听见的诗，里面必然没有真正的心跳

有人说茨维塔耶娃："整个俄罗斯，只有她在用声音写作。"

491

汉诗的当代性比其古典时期最确切的变异在于：它营造了一种"更复杂的听见"，远不止于合乎韵律、形体铿锵的所谓音乐性。

一种从色彩、触觉和味道中介入的"听"正在诞生。

492

听见作者在诗中与自我的争辩之声。听见脱离了作者写作意图而自然生发的两个词、许多词激越碰撞、交锋的声音。听见复合的多声部与诗本身永不止息的生命本体的喘息。

一首卓越的诗，甚至让你听见某种与生命的果敢深度纠缠在一起的沉吟、迟疑，甚至退让。

493

天才的诗人知道如何给予语言中的过度流畅，以决然的重重一击，让某种"钝"滞重地发生。而此"钝"，几乎是我辨别一个重要诗人的隐在标识。

494

不管从什么类型的诗中，听见确信总比听见质疑要困难得多。

"纯净的确信"是一种稀有之声。

495

风凉湖阔，旧人如蚁

我们弃绝之物与我们吮吸之物在共用一个根系

496

我的书房中,四壁间的一切被某种回声吸附。父亲死后,我释放了他囚养多年的鹦鹉。但这知冷知热的小东西,经常悄悄飞回残破的笼子里。仿佛世界蔚蓝而醒目的自由,让它畏之如虎。

母亲依旧被一盆兰草绑架。白天她绕着它们不停踱步,摸摸它们的叶子,吻吻它们的嘴唇。夜半,又从梦中冲出来,为它们浇水。

只有八岁侄子拥有带电的肉体,他攥着画笔趴在窗台上,想画下暴雨之前战栗的芭蕉,而非此刻已被冲刷过、重新获取了安宁的芭蕉。

我只须拿起一根针,就能刺破这个世界日臻完美的秩序。

497

一个诗人的回忆是从旧作中听见旧我。

而无数个旧我,并不是在时间的线性轨道中,他们簇拥于永恒的"此刻"。

我清楚地记得,我曾被苏联判定为只有诗人才触犯的"寄生虫罪"。在青铜铸成的审判台上,所有人听见了我的抗辩之声:"我能吞得下一条板凳,但无法吞下一只苍蝇。"(帕斯捷尔纳克)

498

我恐惧于我的诗被别人诵读出来

因为有一种声音在我内心无法被更改、悖离,或替代

499

从同一首诗中每次都能听见不同的声音,并非你的耳朵特异,当代诗释放的本即是一种变化、变量、变体。

500

与其说你听见了诗中的一种声音,不如说你听见了一种可能性。

写作与阅读间,横亘着动荡不息的戏剧性连接。

501

从写作的角度,一个诗人如果不想控制自己诗内的声音体系,不想让诗中的声音形成坡度、曲面、丘壑,他无疑是麻木的。

智慧的阅读不仅能听见马蹄声,也能听见作者斜俯肢体想控制住马蹄的布满力量感的身形。

502

一首好诗中,声音会重塑它自己。

如果这很费解,那么你可以理解为:一首诗要通过重塑某种声音在一个人体内创造出不同的读者,或者说企图去加深某一类作者。

503

词与词之裂隙中,充满了词的余响

但迷恋词之余响而非词之缄默,便无法理会诗的真正玄机

504

对语言而言,一首诗最大的危险正在于它所有的部分,都被理解;在于它体内每一种声音,都被听见。

505

世事喧嚣

暴雨频来

但总有月朗星稀之时

在堆积杂物和空酒坛的

阳台上目击猎户座与人马座

之间古老又规律的空白颤动

算不算一件很幸福的事?

以前从不凝视空白

现在到了霜降时节

我终于有

能力逼迫这颤动同时发生在一个词

的内部,虽然我决意不再去寻找这个词

我不是孤松

不是丧家之人

我的内心尚未成为废墟

还不配与这月朗星稀深深依偎在一起

506

无数根枯茎伴着无边的湖水,一个我

捂住苇管中另一个我的嘴巴,只留下薄霜的声音

纯白的压迫的宁静。

一根枯苇在翠鸟振翅起飞时

双腿猛然后蹬的力中,颤动不已

这枯中的振动,这永不能止息,正是我的美学

507

诗并不苛求自身的某种成熟

其实我们在产房中的第一声啼哭,就是成熟的

我想要的,是思想的荒郊之气、绝壁与青藤在多重关系中的律动

508

诗歌最深刻的智慧或许正是它懂得了,无论什么样的语言行动都必须与人类最原始的巨大天真深深地融合在一起,并始终以此为诗的伦理。

509

所有关于诗歌的理论本质上都是反噬自身的,即诗活

在与这种理论相冲撞的力量上，但不在与这种理论对立的另一理论中；活在这种理论之解体上，但不在它的碎片中。

510

深陷于麻木是我们生而为人的根本性常态，而生活迫使每个人做出了种种遮蔽和伪饰，如果一个写作者不曾对这麻木进行过深刻的处理，那么他在语言中展现出来的所有敏锐皆无异于自欺。

511

每个人都是自我的医生

艺术基本上是这种自我救治失败的产物。

512

语言向自身索取动力的机制是神秘的，时而全然不为作者所控。总有一些词、一些段落仿佛是墨水中自动涌出的，是超越性的力量在浑然不觉中到来。仿佛我们勤苦的、意志明确的写作只是等待、预备，只是伏地埋首的迎接。而它的到来，依然是一种意外。没有了这危险的意外，写作又将寡味几许？

513

写作经验中最珍贵的东西、真正的个人性，恰恰更多地置身于我们的败笔与缺陷中。正如疾病中包含着真实的个体生活。技艺企图掩饰而不能真正掩饰的东西，恰是这些忠实于自我的缺陷，它让语言中的个人面目更为清晰。

514

大诗人是复杂的精神与心理现象综合体，他的语言之体内，会有大片的废墟、瓦砾、荒漠，有种种令阅读不适之处，刺激着人的各类精神或生理反应，会令人厌倦、抵制、止步。这些现象，与巨大的精神愉悦间歇着发生，它永不可能让你的进入之路一直杏花细雨春风和畅。

515

写作中最扣人心弦的时刻，是我们觉得深深被羞辱却无以说出的时刻……

是语言在它自己体内，寻找着一条羞愧而僻静出路的时刻。

516

不为任何写作信条所累。无论它们是万人仰面的，还是众口唾之的；无论是过时的，还是先锋的；无论它们令我的笔加速，还是减速乃至停滞。如果它们束缚了我，它们就是同一件东西。

除了我确切需要某种"自缚状态"之时。

517

范宽之繁、八大山人之简，只有区别的完成，并无思想的递进。二者因为将各自的方式推入审美的危险境地，而迸发异彩。化繁为简,并非进化。对诗与艺术而言,世界是赤裸裸的,除了观看的区分、表相的深度之外,再无别的内在。遮蔽从未发生。

518

弱者最醒目的标识是,不能释怀于他人的不认同。

或者说,一个弱者身上总是依附着众多的弱者,他更需要共识的庇护。

这其实是在同一类盲视之下,一个人无数次路过他自己。

519

博纳富瓦谈论策兰时说:"不蒙上双眼,就看不清楚。"

确实,真相与真正的纤毫之末,是心灵视域内的东西。谁来蒙住一个诗人的眼睛?他甚至比别人更容易被自身的感官所蛊惑。

520

诗之干预,犹如盲马奔于闹市之街衢。你不确定它会踩中谁,但它一定会造成踩踏。盲马之行,无迹可循。与其说诗在干预,不如说诗性在干预。与其说盲马将踩中一个人,不如说它踩踏了可能性的一部分。与其说诗之干预,作用于一个人、一个群体、一种社会这三个层面,还不如说诗之干预,依然是在以心传心这根古老的直线上发挥效用。

521

诗之盲马式的踩踏,最先发生在直觉和心理层面。

即便是如此有力的干预,有的被袭击者甚至终生也不会觉察。但正是这般不知源起的改造,才是真正的嬗变。

522

一首诗的干预,如果煽动了你对它和它包含的事物的深沉敌意,那么,这是一种真正有效的干预。

许多人完全拒绝去读当代诗,不妨认为他的拒绝,是他已经被动完成了诗的初级干预。"拒绝,让你与诗建立了关系。这不是一种空洞而恰是牢固的关系。它首先暴露的是你对自身的不确信。"

523

世界的丰富性在于,它既是我的世界,也是猫眼中的世界。

既是柳枝能以其拂动而触摸的世界,也是鱼儿在永不为我们所知之处以游动而穿越的世界。既是一个词能独立感知的世界,也是我们以挖掘这个词来试图阐释的世界。既是一座在镜中反光的世界,也是一个回声中恍惚的世界。

既是一个作为破洞的世界,也是一个作为补丁的世界。这些种类的世界,既不能相互沟通,也不能彼此等量,所以,它才是源泉。

524

诗中虚拟的生活有着无与伦比的真实。父亲死去后，他不可能在他曾穿过的衣物中，不可能在墙上的遗像中，不可能在坟墓中，那些都无法替他保持体温的存在。

只有在我的诗中，他依然在呼吸，在走动。在组成他"新身体"的语言中，每时每刻都有力量在流动。这力量让他不仅仍是我的父亲，也会成为无穷的"他者"的父亲。

525

诗的干预，其本质在于"一"的裂变。

让一个人的审美体验变为一群人的审美体验，让一个人的生命秘诀变为一群人的生命秘诀，让一个人的生命价值奇妙地渗入他人的生命价值。换句话说，是不同时空内的无数人，对某一个人的深深瞩望。

526

诗的干预夹着太多的不确定、不确信、不确指，因而对个体生命的改写也最为深刻。

娱悦的、戏弄的东西在我笔下难以入诗，反过来看，这也是诗的干预。如果你认真研读一个诗人的创作史，你总能发现他的刻意避让之物，这才是一个诗人最为本质且最易被忽略的一部分。

527

诗的干预，本质上是诗性的干预。人类艺术的门类，雕塑、绘画、音乐等等，之所以各具形体，是因为它们在诗性之认知上达成了共识。

诗的干预并非只催生诗，更多的可能是一件木器、一个瓦缸、一种线条、一份简报甚至是密室中女人一次呢喃的改变。

对社会而言，诗之干预并非思之穿透，而是风气的消磨。

528

诗的干预最美妙的现象是，看上去诗从不干预。

诗一直自足于社会认知的边缘状态和在权力、强力意志面前的种种惊人冷遇。

529

诗最尖锐的干预，是其对作者的干预。诗人从这种干预中只听到一个声音，他会常以此听见为写作最深的奥秘。那就是：以自身的沦陷为师，以病为师，以"诗的完成即诗的失去"为师。

530

好诗皆蕴藏着一种破坏自身的冲动，

面对这种冲动，也只有诗才能够拥有某种绝不勒索自身的超然。

531

我曾说作者从一首诗中的消隐，正是这首诗成功的标识之一。诗要瓦解的第一个障碍就是作者自身。

但这绝不意味着诗需要与社会共识达成审美的同谋，恰恰相反，诗一诞生即依赖对共识的挑衅来完善自己。一首诗带着被更多人接受的恐惧而被更多的人接受。这听上去悖谬，但何尝不是诗歌生成学最神秘的胚胎因子之一？

532

一切糟糕的艺术有此共同秉性：即把自身建筑于对他人审美经验的妥协上。恐惧于不被他人理解，就先行瓦解了自我的独立性。这绝非是对阅读的尊重，而恰是对沟通的戕害。难道一株垂柳揣摩过我们是否读懂它吗？它向我们的经验妥协过吗？然而我们将至深的理解与不竭的阅读献给了它。人之所创，莫不如是。不孤则不立。

533

一个人能触碰的最佳状态，是身心同步的出神状态。对寻常景物，觉自身不动而远去。当他出神，犹怒马失控；回过神来，却见长缰依然在手。虚实恍惚交汇于一线的边缘状态。出神，才不致被情绪或理性所绑架。出神，词语才能从既定轨道上溢出，实现一种神秘的开放性。

只有失神的片刻，才可见诗的土壤。

534

柯布西耶在阐释他的建筑作品时说："我的作品包含了七个部分：环境、心灵、肉身、融合、属性、馈赠、工具。"在谈论他的建筑五原则——"底层架空、屋顶花园、自由平面、带形长窗、即兴立面"时,他写道:"我们眼中的世界创建在,地平线镶边的托盘上。"

这纯然是用砖瓦在写一首诗。他凝固于建筑中的诗之冲动,哺育了他的构型灵感。他明白必须先接纳诗的干预,才能使他在技术和机器、工业与装饰、居住与观瞻之间拥有一种通透而灵异的生命力。

在我所见的范围内,与社会平均审美能力有着最大公约数的艺术,是建筑。有着最小公约数的艺术,是当代诗歌。

535

我接受过无数新观念新思想的猛烈洗刷,都不如独自坐在怒江大峡谷中,目睹巨大的、脏旧的那一轮落日,缓缓碾压向头顶时的震撼。它强烈地从作用于直觉,到密布于躯体中每一个角落。我第一次知道体内,有这么多从未被巡视的深暗角落。

无声立于一侧的当地人,脸上的红晕似柴火烧过。那一刻,我既是一个脐带刚被割断的新生儿,又是一具历史的干枯遗体。

536

枯坐一隅。让室内的每一件物体说话。

让紧裹着这些物体的大片空白说话。

从墙缝过来的风,在赤裸滚动:它比我拥有更少,它应当说话。诗并非解密和解缚。诗是设密与解密、束缚与松绑同时在一个容器内诞生。

让这个缄默的容器说话。

537

我们一睁眼就会触碰到各种结构中的空白，各种事件中的空白。

这才是最耐人寻味之处：空白必须迎来最深的阅读。

那些空从未空掉。

那些空各有面目。

538

对所有人来说，真正了解自我都是一种可怕的体验。

稍一定神，就会触碰到分裂与自欺。

在不同的时刻，我各自存在。这些个我，是清晰而混乱的，相互抵抗的。一个我吸引着另一个我。像一个词倾尽全力连接着另一个词砌在句子中。

我写作，并非为了统一我自己。

539

晚饭后步行至荒郊。一首诗以枯苇为食，以枯苇的轻轻拂动为食。以路两侧建筑工地的废墟为食。以小理发店昏沉的灯光为食。

以无名无姓为食。

540

推窗看见落叶了。

枯萎不是爱在远去,而是爱在来临。

541

对一个诗人来说,

破山中贼是一种写作的血缘,

破心中贼是一块想象的本土。

542

诗需要潜意识和潜在感知能力的参与,需要"边界两侧的东西"同时浸入。

需要述说无以名状之状,需要深知无以名状之名。在不知名的路上才可谓走得深,也只有对不知名者的凭吊,才值得延续。

543

没有一种生活不可以从一首诗中,找到它藏匿最深的东西。只有当我们读到这首诗,才觉得某个瞬间洞穿了一种现实,在此之前,我们几乎是盲目和视而不见的。也没有一种生活不可以以诗为对立面,来重建它的现实感。

因为让我们觉得现实的,从来不是生活本身,而是深刻的、欲与之为敌的古老冲动。诗存在的理由,是它必须隐秘地、最大限度地满足这种冲动。

544

人皆觉得镜中人是个假我,又觉得,终须面对假我之境。

但语言并不这么看。语言需要把实体蛀空,把影像从水底抬出来。

我穿过一场午睡时,在镜前慢慢找到自己的嘴唇、声音和脸。

545

当我不在镜前时,

仍有一个我在那里成熟。

546

读一首好诗带来的醒悟,不一定比读一首糟糕透顶,甚至让人肠胃翻腾的坏诗要多。

而读一首烂诗,又何如来一杯冰镇可乐?所以你看我读王船山、奥登、布罗茨基,不意味着我喜欢他们,只是我必然地遭遇了他们。我喝老白干醉倒在陋巷口,只因为我没买到冰镇可乐。

547

当阅读者的丰富性不能匹配作者的丰富性之时,"读不懂"的叹息就会产生。

好的作品,创造的是一种深者得深、浅者得浅的内容变量。而懂与不懂的尺度,只能用于丈量内容为相对恒量的平庸之作。

548

出神的一刻。曾经我是两只
蜂鸟中的某一只,
此刻我同时是这相互追逐的两只。

549

制造语言的迷雾,正是语言的任务之一,也是语言内在的丰富性对其外在的要求。那些单纯强求诗的修辞必须清晰的人需要明白:如果一首诗的语言,被某种固定而明晰的意义固定住了,就意味着我们的心在此处有了僵硬的边界。但迷雾不是不清晰,有时它惊人地清晰。

550

如果我还没有成为某一部分人的敌人,只能说我对自身立场的表达远不够彻底。

如果我一直是同一部分的敌人,只能说我的立场本身有狭隘之嫌。如果"这部分人"的边界在不断缩小,如果它缩小至一个人,那么这个人必须是我自己。

551

声莫过于余响,
境莫越于游思。

552

一个诗人看见并忠实地书写一己之弱小,并非是因他目睹了强权,而是他看见了此弱小中的无限,正如野草在无穷的被践踏中再生。当这种弱小被精准地表达出来,诗性上出神地强大就会来临。

553

才华是一种自私的东西,在炫技欲望的推动下,它甚至可以成为一种很肮脏的东西。没有人为了目击你的才华而阅读,他们只是在寻找、确认或者是虚构他们自己。

内心逼迫我们听见的、看见的、嗅到的,才是真正的现实。不曾被内心的紧张感所过滤的,都不是现实的本相。

554

诗要解决的除了表达或想象的匮乏,更要解决表达或想象的冲动,如今这两者都在泛滥。那精准而优雅的控制力却晨星般罕见。精准,貌似语言的经验问题,其实是思之力度问题,我们仍在思之失重、视之失察、语之失准的老病链中。

555

诗通过语言的自我抑制、自我净化、自我校正来实现诗之正义。如果说诗的最高服从是审美力,不如说这种服从中,包含了生命的所有基本愿望,包括道德愿望。但诗之正义总是企图超拔于这些愿望。所以,诗自身更倾向于这样一种结论,即,在社会性尺度和审美性尺度不可企及之处,高耸着诗之正义。

556

诗之正义,并非屈身存于一首诗,而恰恰在这首诗所欲表达的某种非同寻常的渴望中。更多时刻,它只是这种灼烈的饥渴本身。

557

诗之生命在于语言活力的再造,没有语言的创造就无所谓诗之正义。

杜甫之为杜甫,并不在于他对离乱和弱小的注视和恤悯。这种注视和恤悯,在他之前历代诗人中从未断绝,但借由杜甫的巨大语言学创造而成为一种天才范式。动乱时代从杜甫的语言学行动找到了一个挖掘自身的巨大入口,从而使汉诗自《诗经》时期就从生命底部喷薄而出的巨大爆发力达成了一种壮观而卓然的接续。

558

生存对我们产生了诸多企图规训我们的力量,写作需要我们向其中最弱的力量呼救,对平衡的力量保持冷眼,对凌御而强悍的力量予以不屈的挑衅。

美,即是这种呼救、冷眼和持续的挑衅。

559

身体的残缺在深埋后会由泥土补上
我们腰悬这一块无所惧的泥土在春日喷射花蕊花粉
为什么生命总是污泥满面啊,又不绝如大雾中远去的

万重山

560

在这个精致如强光下五色泡沫的世纪
我深储的蛮荒,像种子埋得很深
我随它埋得也深
我吞下的耻辱可以建起一座塔

561

"古人"或"来者"都
不过是语言中惊慌的土壤

562

在中国传统的审美体系中,枯,是一条最具灵性的线索。枯,赋予人的"尽头感"中蕴藏着情绪变化与想象力来临的巨大爆发力。此时此地,比任何一种彼时彼地,都包含着更充沛的破障、跨界、刺穿的愿望。达摩在破壁之前的面壁,即是把自己置于某种尽头感之中:长达十年,日日临枯。枯所累积的压制有多强劲,它在穿透了旧约束之后的自由就有多强劲。

563

在将我塑成现状的诸多力量之中,对世界的无力感,也许是最重要的力量之一。为了适应这个世界,我必须裂成许多块碎片。当我不想这样做时,我和这个世界是割裂的。

而且它的孤独与我的孤独毫无联系。

564

肯定一个人往往出于强悍的认知而
否定一个人往往只出于一个茫然的习惯

565

过往是不可被理解的。深夜雨打蕉叶引起的微弱心理悸动，都可能深刻地参与了历史事件的构造。不是我们理解了历史，而是历史塑造了我们去观察它的方式。欲望、细节，乃至结果，都是被深埋着的，是难以回溯的。

历史向我们呈现的视角、遗存，时而是它隐匿自身的一个精妙设计。

566

词语在语言运动中消除自体内的声音而
形成永恒的静默，是诗之核心。

567

以"不是而是"将破与立
拢于一体，去拥有新的诗意。

568

使一首诗的质量增重的，是他者的介入。哪怕是最蒙昧的、最抵触的阅读，他们的蒙昧和抵触，也会成为这首诗的一部分，或者说是一个全新的入口。

任何一首诗都是一个敞开的容器，它诱使读者进入并不自觉地在其中创造出另一首诗。

所以一首诗并不存在本来面目，也不存在完成状态。

569

从诗的层面，最强烈的现实感往往并不来自现实，因为我们与生活为敌的冲动，比生活本身更为深刻与动人。诗存在于它满足这种冲动时所呈现出的，各种美妙的瞬间姿态。生活景象，可以恰到好处地位于显隐之间，以便语言能赋予连生活自身都仿佛第一次觉察到的现实感。

570

从未觉得我的孤独需要被稀释，因为它保护了我。

从知止、知默、知耻而来的孤独，真是一副好铠甲，但往往，也只有自己才能穿得上。

571

多年前我写了这句：写作最基础的东西，其实是摈弃自我怜悯。

现在看到了自我怜悯中真实的力量。或许这两样永恒的相互搏击，才是真正环绕着我的东西吧。

572

写作的要义之一，是训练出一套自我抑制的机制，一种"知止"和"能止"的能力。事实上是在"知一己之有限"基础上的边界营造。以抑制之坝，护送个人气息在自然状态下"行远"，于此才有更深远的空间。

抑制，是维持着专注力的不涣散，是维持着即便微末如芥壳的空间内，你平静注视的目光不涣散，唯此才有写作。

573

当代新诗最珍贵的成就，是写作者开始猛烈地向人自身的困境索取资源——此困境如此深沉、神秘而布满内在冲突，是它造就了当代诗的丰富性和强劲的内生力，从而颠覆了古汉诗经典主要从大自然和人的感官秩序中捕获某种适应性来填补内心缺口，以达成自足的范式。是人对困境的追索与自觉，带来了本质的新生。

574

错觉在诗中是最具生机的力量，虽然它时而繁茂到作者、读者都想摁住它。

但错觉对艺术家而言，是一个有巨大诱惑力的崭新入口。

575

埋伏在一首诗中的美妙错觉，既不受作者的审美意志所控，也不一定在阅读中现身。

它呼唤某种有潜力的阅读并让其变得充满变异，事实上它扎根于创作与受体永不确定的互动中。

576

伟大的写作实践建筑于伟大的错觉和它所携带的惊愕。

错觉因不依赖于固化的路径而永不可被借鉴。

577

一首诗抵抗平庸的手段正是它敞开浑身的感受系统让其内部充满错觉的复杂回响。

错觉和对错觉的疑虑、抵抗,让它成为不竭的活水。

578

存在更复杂的阅读,这是当代诗歌得以强烈新生的动力之一。

当代艺术突破边界带来的理念颠覆和社会平均审美力的跃升,哺育着它新一轮的饥饿。

579

诗之正义是冷酷的,所以才有人的柔弱与热切。诗之正义有绝对的原点,才有感觉系统在一枚芥子中辽阔莽原上的漫步。诗之正义动如黄鹤茫然杳去,才有黄鹤楼貌似永恒不动以背负我们反复地登临。

诗之正义形如两只猫同一瞬间酣睡在两个不同的盒子里,才有薛定谔一脸痴憨的偶然觉醒。

580

诗歌的敏锐,往往丧失于"作者果断抛弃了令他感到难堪,甚至是羞辱的,首次写诗时完全不能掌控诗之形式的笨拙。他忘不了这笨拙。经过长时间的练习,他开始觉得有种驾轻就熟的力量充塞于腕间"。

好诗人从不放弃笨拙。在好的诗中,笨拙之象,时现时隐,语言运动有一种在生涩难为中艰难穿行的生机与生态。大诗人的笨拙,往往巨大而显眼,像身怀亿万生灵的大海,时而仅仅自足于、迷失于沙滩上一只幼蟹稚拙憨愚的爬动。

581

行动自然远比冥思更能缓释苦痛,所以老妪喜欢用火钳敲击炉膛中的锅底,宋徽宗捕萤,八大山人画吊白眼,杜鹃空啼,狗儿狂吠,大象席地而坐。

582

如果说语言唯一无法真正解构的,或者说让语言最终屈服的只有一件东西,就是世界的神秘性。那么写作者都将成熟于这一刻:他会认识到,写作只是在为"这件东西"创造不同的形式而已。缺少了这件东西,你的所为,难以呼之为有效的写作。创造力本质上只能是与"这件东西"有关的创造力。深度,只能是形式的深度。而写作的快乐,是须知上述又终知本无重负的快乐。

583

美有种属性从未被改变

即每一种美,都令强烈的饥渴发生
所以艺术家嘴中和笔下至死都有残渣

584

从语言学角度,传统作为一种资源显得吊诡的是,它大于所有语言实践的总和,却小于任何一个写作者的个体语言实验:个人写作中总有永不溶于公共经验的一部分。这是写作者最为珍惜的部分。不溶于公共性,难以被视为写作的普遍尊严,但却是语言实践的最高追求之一。它另一名字叫反传统,是传统最本质的属性。

585

去埋掉它而非挖掘
去成为它而非哀悼
写作有时为了深藏一件东西
重逢时,照着它的是另一盏灯

586

金庸是个浅者得浅、深者得深的巨大变体。若说浅,多的是清流见底的一面,所以才有郭襄的风陵渡口、老顽童的左右互搏这一类景象。其实哪里又有什么深浅、正邪,只有人这种渺茫的生命本体对生存快意的渴求,所以杀人的功夫也叫大悲手,最深情的也许正是光影交织的李莫愁。无处不在释放对人本身的绵绵善意。至于"怜我世人,忧患实多"这一类偈语,更是超越家国概念而见众生的话。既要依赖于述史，又不得不疏离于江湖。这种内生的微妙尺度，不是蝙蝠侠、蜘蛛侠等好莱坞版武侠形象爱好者所能理会得了的。若偏要说深，大概也可以把它当作佛头着粪的禅事来读吧。

587

风或许只在掀动树叶、推动云朵的少数时刻，才觉醒至它自身。

这也是诗深沉的生产机制。只有少数的诗，形成了文字形态，或者说，很偶然地形成了文字形态。

588

过度追逐戏剧性来取悦阅读，几可视为诗歌写作的一种耻辱。如何避免诗歌的内部冲突被戏剧化，是好诗人所时刻警觉的。这并非贬斥戏剧，但戏剧性确为诗之穆默的本性所不容，更遑论为了放大阅读效果而刻意营造的戏剧性。唤醒阅读，但从不畏惧阅读的丧失，是诗性对自身的基本约束。只有一种戏剧性例外，那就是诗歌的自嘲。

589

若时代的困境不被洞察并被精准地表达出来，那么它就不存在。全部的困境，本质上可以归结为语言的困境。虽然我们不妨认为，体现在一个个体上的困境体量，等同于整个时代的困境体量，但写作者个人也并非什么万能的显微镜。事实上，如果他的写作能力不足以充分揭示，我们仍可以期待一种鹰隼般的高明阅读,从写作的无力感中完成一种发现来填充这种缺憾。

590

每次提笔面对一张白纸

总觉有一种奇异的引力

将我内心巨大的匮乏源源导出

这引力,曾让苹果以

重重一击填补了牛顿

曾让土崩瓦解的旧式南美洲

填补了气若游丝的马尔克斯

也曾让杜甫,填补了鲁迅

更精准地说,是"我体内的

杜甫"填充了"我体内的鲁迅"

更多时刻这引力是混沌的,仿佛

不知源起的流水,引导着昏沉沉的河床

591

听见语言所描述的对象物,譬如鸟兽、河水、树叶在呼吸,呼应着文字中生命力的律动,是一个好境界。

更好的境界是,听到词语本身的呼吸。词与词在碰击、连接、抵抗之时的喘息,甚至是那些装饰性的、虚词的呼吸。

让画布上的大片空白、段落间的空白说话,当然是好境界。但更好的境界是,画布上的空白在喃喃自语,仿佛阐释的也正是这空白本身。

592

别丢掉自己"异乡人"的身份,在生活中,或在语言中。当我们无法将"A地"置换成"B地",至少要想办法将"A我"变成"B我"。在凝思物性中,做一片如切如磋的"雨中黄叶树",再在淘洗自性中,去做一个如琢如磨的"灯下白头人"。

593

鉴判诗的品格,要看作者把"尊重和顺应语言自身的运动"摆在什么位置。一首好诗既非先行设计的产物,写作过程更非尽在作者的掌控之中。词语以自身之力懵懂流淌、神秘碰撞,或相互消解。写着写着,作者会惊呼:"我何以如此?"

好诗人更善于在自己诗中做一个恰当的旁观者。而好的读者则要求自身的深切介入,不求阐释,不求独解,在体验二字中去理解福柯的一句话:勿以物的无可名状,去指责词的能指权威。

594

我对文学当代性很大一部分体验来自:人的挫败感。不必假手他人经验,我自身这具容器内的失败即已足够。

这也是强化对自身认知的主要病理切片。高度信息化将每个人的藏身之地精密地联通起来,个人空间被压缩得仿佛人一生来即是透明的,仿佛人的无所遁形才是常态,人的失败感比以往任何时代都显得"天然"、合理、强烈。

宏观面上，经济全球化，网络对社会秩序的猛烈再构，外太空探索的深不见底，在人类生存丰富性大增的背面，是更深、更整体性挫败感的到来。

595

世上只有一种怜悯，即把自身深切置入对象物中的怜悯，才关乎文学的原动力。

换个说法，人只有在充分接纳了来自自身的怜悯之后，才真正具有以文学形式谈论它的资格。然而，文学因各种质疑而保持着对怜悯这一主题的警惕。它遭遇的是：怜悯作为起始动力而到来，在已经全面沦入技巧性角逐的时代写作中，作为弃置物又率先离开。

596

一个写作者对世道人心的深怀，要与他注目于琐屑的功夫互为表里才好。所以普鲁斯特从旧睡袍破损的线头上，追忆似水年华。繁缛隐居神圣。通常我们只差这一步了：为宽广的关怀设置一个戏剧性入口，而且我们不必费心设计出口。这是写作最基础的功课，需一辈子反复去做，往往还需从同一的零起点上做起。

597

每一株新芽、每一滴露珠这些新生物中留置着它曾经的枯迹：这不是某种强行注入的丰富性，而恰是它面向自我的全然敞开。也不妨认为，枯是借助新芽在展示自身的神韵。

策兰写道:"只说一半,依然因抽芽而颤抖。"

经历了枯之体验的写作者,都不可能全身而退——人不可能自外于肉身对死亡或时间流逝的惊惧,但较之这种必然而又庸常的深味,枯所获取的不再是隐喻,而是在伴随着毁灭的一种目击道存。它产出的不是"新的对象物",不是巴赫金所谓的"视觉的余额",而是新我本身。

598

"椰栗横担不顾人,直入千峰万峰去。"

这里讲的不是无人之境,

而是内不顾己外不视人,

内外之间若即若离、斗而不破的"两我之境"。

599

如果写作过于顺畅,你应当主动对自己发起某种攻击,以攻击阻断这种顺畅。我们太容易被技巧翻新带来的愉悦喂饱了。我们太容易被幻象喂饱了。而真正的创造需要精神层面的饥饿感。伟大的作品源自伟大的饥饿、源自困境意识和每一个毛孔都充塞着的匮乏。还需要什么?还需要一颗心在占有欲褪尽之后的安宁。

600

一个诗人所需者从来就不是什么知音,也并非对立面。俞伯牙对面,钟子期只是假象。当他向外索求一个知音或对立面时,他想谛听的是:哪边的丢失感更深,他就往哪边去。正如盲者无须见桃花或刘郎,但他会闯入"玄都观里花千树,尽是刘郎去后栽"的巨大丢失之中,在那里他看到自己可酬以涕泗滂沱的永恒情感。

601

老僧无戒。老僧吃肉,香飘千里,僧不知己是僧,肉已忘曾为肉,只有神通意会的纠缠散着异香。老僧不心乱,如果他体内住着一个旁观者,这肉就不香了。所以高人笔下有境如此:只存"肯定"的异香,不要分裂的光影。

602

人经常是很傻的
"现象"喂给我们什么,我们就吃什么
所以老僧有时用脏水洗脸

603

诗是野蜂之针扎入花瓣的一瞬。我们知道,蜜在形成。它连接着"永不知谁将饮下这碗蜜"的迷茫未知。诗的美妙在它无尽的"同时是":它是针、花瓣、蜜,或者是窥瞰这一切的一个旁观者,诗不是这些角色的其中之一。诗同时是它们。

604

特朗斯特罗姆是杰出匠人,始终保持着对语言神经质般的敏感与忠实，类于李商隐。但他们距气象万千的大师还很远。大师有时并不纯粹，他们笔下不仅有特异的自我之声，也有对自我的质疑之声抵制之声，甚至不屑之声，是众声部在特殊时空某种偶然的混成。相较于大匠的令人愉悦、予人惊奇，大师们往往泥沙俱下，有时甚至让人生厌。

605

写作的愉悦在于形成真正的"私人语境"。区分一种好的写作与坏的写作，并不在于你要去践行汉诗传统中一以贯之的文以载道，还是要走维特根斯坦所谓的语言游戏，路无新旧，而在于你在此路上能否达成有生命力的"私人语境"：一种真正个人性的语调。克制住复制的冲动，才可看见写作的本质：区分！

606

抓着书，闭着眼，每个字中皆有隧道至不尽。读书人在斗室四壁间，也可形成漫长的流亡，不必都跑那么远。桌子的四条腿一动不动，又仿佛随我正万里行。矛盾解不开，就不妨视矛盾为西红柿炒鸡蛋。博弈理论有副唬人的好面孔。秋夜面孔似铁，是一个自拟的独裁者躬身于纸墨的泥土，想唤那不可能的花出来。

白头知匮集

下

607

我愿意给出一个最直白的阐释：诗，本质上只是对"我在这里"这四个字的展开、追索而已。对于诗，没有任何准则是必须的。孔子说，诗可以兴，可以观，可以群，可以怨。这个排比句式，可以像风中的涟漪，无穷地铺展下去，诗所攫取的，也正是不竭的可能性本身——它永不会遭遇一个"不可以"。而就写作者个人，只须在"我在这里"四字之后，附注上不同符号：问号、破折号、省略号、感叹号、句号，大致就可传递不同写作阶段、各自境界的微妙之味了。诗，因为发乎性情又无法定义，而成为一种永恒的文体。这些年，我常听到一个莫名其妙又哗众取宠的说法，就是"诗歌死了"。

因为时间，也因为人的成长，"我"和"这里"，不断往对方体内注入某种复杂性。一个伟大的诗人，天然地要求自己理解并在写作中抵达这两者之间的对立、抵制、和解。概括地讲，中国古典诗歌系统有个显见的缺憾，即对人本性中的光影交织、对个体心理困境、对欲望本身的纠缠等等维度上的掘进较少、较浅。或者说，多数时候，仅仅将这种掘进，体现为了一种"哀音"。对"我"与"这里"两者的质疑、冲突，呈现得远远不够充分。哪个时代的人能逃脱掉这种质疑与冲突、矛盾与变形呢？我相信，在所有时代，生性敏感的诗人身上，这种撕裂都会有，甚至会有许多歇斯底里的时刻。只是古人所谓修身，讲求的是祛除这种质疑与对立，而不是去理解它、表现它、加深它。似乎对山水的融入、对自然的审视、对所谓天人合一境界的追求，真的能够缝合一切生存的矛盾与裂隙？我倒觉得，这种状态下所获得的超越，其实只是一种名义上的、臆想中的超越。诗歌作为一种心理行动，本该拥有的混沌、复杂、不可控的、内在的心理酿变过程，在这种写作中被弃置了。

所以，当苏珊·桑塔格（Susan Sontag，一九三三～二〇〇四年）说"旁观他人之痛"，世界每一角落中他人受刑的镜像会"像照片一样攻击我们"时，我在想，这正是"这里"对"我"发起的一种攻击。我们何以产生这种被攻击感呢？因为我们身上，储存着无比充沛的对普遍性正义法则、良知和美的感受力，对爱的感受力。这种感受力，让我们产生生存的痛苦，但也唯此感受力，才配称得上是艺术的源头。然而，吊诡的是，真正的艺术，永不会诞生于这种攻击处在最大强度之时，诗也永不会站在情绪的峰巅上——因为人在应急中，无法到达艺术创造所必需的高度专注、高度凝神状态。由此，我们不妨认为，诗，本质上是一种回声、反光、余响，或者说，是一种偿还，是"这里"之锤，砸过"我"的磐体（或者正相反）后，因撤离而形成的空白，被低沉的回声渐渐占据的状态，是疾风拂过湖面后，涟漪向远处无尽移动的状态，是影子向光源追溯，在我们心上构筑起的光交影叠的多空间状态。

其实，我们还可以从桑塔格那儿，再往下掘进一层：不仅"我"与"这里"可以互相发起攻击，"我"对"我"本身也会发起攻击——这才真正是困境的起源，也是艺术的一种根本状态。二〇〇九年八月七日下午，在我父亲崩逝的临终一刻，我跪在他的轮椅前，紧攥着他干枯的手。

在他的瞳孔突然急剧放大，鲜血猛地从鼻中眼中涌出的最后一瞬，我的内心处在被攻击时的瓦解状态中。但，此刻是没有诗的。我纪念他的诗，全部产生于对这一刻的回忆。换个说法，我父亲要在我身上永远地活下去，就必须在我不断到来的回忆中一次次死去。而他每一次死亡的镜像，都有不同，都不是一种简单的复制：因为对应了诗的创造，这镜像自身也成了一种创造。诗，在对遗忘的抵制与再造中到来，是对"现实存在物本质上不可救药的不完美"（普鲁斯特语）的一种语言学的补偿。

或者说，现实的所有存在物中，都有着完美的不可救药。扎加耶夫斯基（一九四五～，波兰诗人）说："你必须尝试着赞美这残缺的世界。"他所讲的这种残缺，本质上，不是世界本身的残缺，而是我们认知的残缺。在"我"与"这里"的关系上，显然，桑塔格的"攻击"一说，比我们耳熟能详的石涛（一六四二～一七〇八年，画家）"笔墨当随时代"，更为精辟、有力。一个"随"字，令"我"在"这里"前，显得过于被动与疲弱，也缺乏我上段所言"偿还"的意味。当然，石涛所讲的也可能是艺术的一种真理。

不论是"我"，还是"这里"，它们都会不可避免地陷入各自困境中。对于"我"，一个伟大的缺憾始终伴随着一代又一代写作者：即他们竭尽全力地阐释，他们的诗是什么。但诗，正是在被阐释中瓦解的。面对存在，再强力的诗人也会发现自身的弱者之境。无论怎样地阐释，听上去，都无异于一个弱者的自我辩护。事实上，阐释得越清晰，把诗的边界描述得越清晰，我们笔下的丧失也就越多。哪里有什么界限,甚至在所谓"非诗"与"纯诗"这些概念间,画条白白的石灰线,都不过是自欺欺人的笑谈。最终,即便是诗人自己,也会带着对诗的无知而死去。如果说写作的本质,正是企图以言说的方式突破言说的边界,抵达无碍而自在的寂默之境,那么这个过程的美妙,正在于它是矛盾和充满悖论的,也恰因它包含了抵达的无望、方法的两难、写作者强烈的情感灌注,而显得更为动人。写作的有效性,正欲体味在这一过程之美、对立之美,而非一个明确结论的呈现。

正如量子世界和它的"测不准原理"一样——所有诗论,反映的其实是这么一种困境:重要的,不是诗人阐释了什么,也不在于那些阐释中,是否存在灵光四射的思想之矿藏,而在于这种阐释的冲动生生不息。凡被阐释的法则,本质上都是陈旧的,只有这阐释的冲动本身,因混合了生之盲目、词之盲动而永远新鲜动人,它让"每一次"都像"第一次"那么诱人。

似乎成熟的诗人更乐于承认:一切不凡的写作都与困境有关。这种困境,不是才思昏聩、笔下无以为继的烦恼。它跟写作才能的枯竭无关。我在《菠菜帖》一诗中有句——"我对匮乏的渴求甚于被填饱的渴求"。没有哪个时代,是什么最好的或最坏的时代,每个时代都有独一无二的困境密码,等着被揭破。一个平庸的时代,平庸就是它最大的资源。当平庸被捅破,它所蕴含的力道,甚至可能比另一些时代的饥馑、战乱、暴政所蕴含的东西更多。以诗之眼,看见并说出,让一代人深切地感受到其精神层面的饥饿感——正是一种伟大写作所应该承担的。当你看到的桦树，是体内存放着绞刑架的桦树，你看到的池塘，是鬼神和尺度俱在的池塘，一切都变了。新的饥渴就会爆发。诗是对"已知""已有"的消解和覆盖。诗将世上一切"已完成的"，在语言中变成"未完成的"，以腾出新空间建成诗人的容身之所，这才是真正的"在场"。我们这个时代，为诗人提供了一个幸运：当科学洞微烛暗，结束了世界原有的神秘性之后，又以在量子领域的新探索靠近了新的更强大的神秘源——世界的神秘性，成了唯一无法被语言解构的东西，也因之而永踞艺术不竭的源头。

当然，完全有必要将诗之思，与哲学之思切割开来。我们不能将一种揭示时代困境的诗歌，归结为思考的结果——或者说，诗之感受，远胜于诗之思考。诗的肢体必须是温热的，有生命体温的，哪怕它沉睡在哲学冷漠、灰色的逻辑系统之下。诗的腔调，更接近于孔子将其从《诗经》中删掉的那些"怪力乱神"的腔调。它时而清晰，但它本质上不清晰，它保留着人之思在原始状态的恍兮、惚兮的状态。以此恍惚，而维持对纯粹哲思的超越。也以此恍惚，偶尔获得神启，向着我们这个时代因诸神缺席而造成的空白中弥漫过去。

"我在这里"有一层言下之意是："一个永恒的生命体被困于此时、此地、此形。"所以，"这里"，是一个时间、空间和历史的概念——一个大诗人，最基础的一点是，他必须有能力匹配他所在时代的复杂性、丰富性与特异性——如果将语言世界喻为一块镜面，那么，镜子两侧所索求的，并非一种镜像的再现,而是虚与实两个世界"力的对应"。"力",是写作的一个中心概念,但它既不唯是语言的,也不唯是思想的,它是一个混成的东西,既难以解释又不言自明。也可以泛泛地说,它是精神世界与现实世界的内在呼应。然而遗憾的是,百年之内,中国社会历经社会形态与固有信仰的大崩断,接踵而至的战争饥荒和残酷政治运动,其悲剧性即使对一个普遍人来说,也可谓撕肌裂骨、直入腑肺。也就是说,现实世界提供了一个罕见的作为思想资源与写作资源的"力",这种力,在诗的语言世界中找到了对应吗?大致类同的生存际遇,在俄罗斯造就了曼德尔施塔姆、茨维塔耶娃、陀思妥耶夫斯基等大批巨匠。而在我们"这里",除了鲁迅等少数几个作家尚算勉力之外,诗歌上,大约只有局部的穆旦、局部的昌耀和极少数几个诗人的零星反应罢了。不是没有人写,而是他们笔下,"力"的远不到位。很少有诗人在作品体系的精神格局上,具有真正的复杂性,不管其语言实验的表征多么缠绕、多么先锋,其内在的孱弱往往一目了然。也可以这么说,现实资源的丰沛,没有激起心灵世界在语言创造力上的充分回响。说到此处,会有人起身反驳我,写作者个体是否不应受到时代境遇这种宏大枷锁的制约?确实,一个好的写作者,最好的精神储备,是一种"个我困境"。个我困境与时代困境之间,不一定有因果关系。但那种认为只有宏大叙事,才能匹配时代这种庞然大物的想法,不过是审美力的一个短见。在伟大的写作者那里,一扇窗、一堆垃圾都会被后人认出是"某时代"的,而非"它时代"的。是的,诗歌可以从一堆垃圾上，发现它的时代。似乎到了二十世纪九十年代，才有一批生于六七十年代的诗人和小说家，初步形成与这个世界匹配的复杂性与语言实践的特异性。这种复杂性，可以达到这样一种境界：它并非一般意义地去揭示某种困境，而是他的写作甚至包容了时代的困境。开始形成这样的胃，它既在消化古典的蒹葭，也在消化后工业时代的电子垃圾。从艺术的多维度视角去看，大作品都会呈现"我在这里时也在那里""我在任何一处"的超越式镜像，但只有"这里"，才永远是最基础与最清晰的。

我的困境一说，当然不会与"写作的最本质特征，是实现个体的心灵自由"这样的信条抵触。从一般意义来说，我觉得，困境，是所有伟大写作者统一的心灵底色。它只是展示了一个思考的维度。比如，其他的维度，韩愈说："欢愉之辞难工。"所有对诗的谈论，事实上谈的都是维度，而不是任何面向操作性的写作指南。

"我"的现代性，唯有从"这里"获得，别无他途。"这里"二字，既意味着现实的、批判现实的，也意味着超越的。有两种途径：一是超越传统而获得现代性。我们这个时代很奇怪，传统既被颂扬者扭曲，也被否定者扭曲。以前，我写了文章专门谈过这话题，传统的敌人，不是反传统，而是伪传统。传统正是依靠从未间断的反传统之力，而得以生生不息地延续。传统，几乎是一种与"我"共时性的东西。它仅是"我"的一种资源而已。我们的写作与思想，要打破的正是这三样东西：即睁眼所见皆为"被命名过的世界"；触手所及的皆为某种惯性——首先体现为语言惯性；可以谈论的世界，是一张早已形成的"词汇表"。这三件东西，就是传统顺手递过来的，是一种必需的遗产。每一代写作者，都是靠着清算语言的遗产而活下去，并在死后，成为这扩展了的遗产的一部分。

另一种，是从对现实的处置中获得了现代性。对诗歌而言，我觉得，存在四个层面的现实：一是感觉层面的现象界，即人的所见、所闻、所嗅、所触等五官知觉的综合体。二是被批判、再选择的现实，被诗人之手拎着从世相中截取的现实层面，即"各眼见各花"的现实。三是现实之中的"超现实"。中国本土文化，其实是一种包含着浓重超现实体的文化，其意味并不比拉美地区淡薄，这一点被忽略了，或说被挖掘得不够深入。每个现存的物象中，都包含着魔幻的部分、"逝去的部分"。如梁祝活在我们捕捉的蝶翅上，诸神之迹及种种变异的特象符号，仍存留于我们当下的生活中。四是语言本身的现实。从古汉语向白话文的，由少数文化精英主导的缺陷性过渡，在百年内，又屡受政治话语范式的凌迫，迫使诗人必须面对如何恢复与拓展语言的表现力与形成不可复制的个体语言特性这个问题，这才是每个诗人面临的最大现实。这样切分，是为了强化认知。现实中的一个事件，时而就是这四层紧密抱成的一个整体。

而当"这里"向无数人敞开时，只有"我"成为语言学实践的一个特例，它在审美上才是有效的。我想引用王尔德（一八五四~一九〇〇，英国作家）的一句话："语言，它是思想的母亲，而不是思想的孩子。"我上面讲的困境的现实也好,现实的困境也好,事实上只是在语言所覆盖的范畴内讨论而已。在这里,我们得甄别一下词语与语言的二者之别。一个人在夜间独自聆听的沉默,是一种语言。无端端在心中回旋又难以言喻的旋律,也是一种语言。《毛诗序》说,"在心为志,发言为诗",此处的"志",类似于当代的语言概念。而写作,形成的是对词语的驾驭力。词语是派生的、短促有声的,而语言是母性的、漫长的,充满静穆的。我一直主张在词语的组合上,保持充分的弹性,以便在一首诗内部形成尽量多的空白,为那些不能显形为词汇的语言,留置更多的呼吸空间。这几乎是在说:空白,其实是一种最重要的语言。语言于诗歌的意义,其诡异之处也在于:它貌似为写作者、阅读者双方所用,其实它首先取悦的是自身,服从于自身运动的规律。换个形象点的说法吧,蝴蝶首先是个斑斓的自足体;其次,在我们这些观者眼中,蝴蝶才是同时服务于梦境和现实的双面间谍。谈论语言问题的切口取之不尽,无法在这里深入下去。但有一点,在当前的时代尤其需要警惕,即写作的个人语言范式,必须尽量排除公共语言气味的沾染。当前的自媒体时代,也是最容易形成公共语言统治的时代。公共语言范式有个显见的优势,那就是传播效率高,但个人写作不能因此诱惑而屈膝于它。诸如上述有关困境、传统等话题的讨论,我只是想,应有更多的"力"渗透到我们的个人语言系统中,令其更加充沛、充满,正如孟子说:"充实之谓美。"

608

诗歌中确实有这样一种力量,或者说诗人有这么一种企图,即以语言的神秘刺激,来赋予人体一种官能性的超越:见所未见、见所不能见,不见犹见……突破了某种屏障。

而此超越性能力的本质是,在这首诗载浮载沉地引导着你,亲手捕捉到一种美之前,不曾有任何"美"存在于这首诗中。

609

对写作者来说,"神秘"二字的真正神秘性在于,它看上去更像是一种勤苦而深久的习得,它应该赞同百丈怀海所谓的"一日不作,一日不食"。长期的自我训练,可能会带来一些神迹。但自我训练的正途,是塑造、创造及其愉悦,不是为了"出神",不是为了自己的身体成为极少数能开出一朵花的身体之一。

610

有一年夏季在印度洋中的塞舌尔,看见一堵布满弹孔的墙。显然,墙上未被击中的部分刚被白石灰新刷过,密集的弹孔因之更令人惊心。没有确切的历史叙述,只有我对细节的无穷想象。奇怪的是,这个星球上大规模的杀戮,尸积如山的战役数不胜数,而我见过的最多弹孔,居然只在这样一座孤悬海外的小岛上。"岛的四周,是很深的拒绝或很深的厌倦才能形成的,那种蔚蓝"。

我站在这堵墙之前,蓬勃而生的野树已高过人头。由自然界以大洋紧闭的方式保留的，这么一点点历史的真实，也终将由自然界以另一方式渐渐吞没。

611

人常于一怒之下做出某类重大抉择。

我迷恋的是一怒之后，那种稍纵即逝的、回过神来的宁静。这是一种幽微的宁静。

像沥青路面断裂与破损处的明净积水。

与生命中其他任何时刻的宁静都大不相同。

612

生病时目睹世界的清淡

一种减速的、恍惚的清淡

有一座被过滤的世界

所有物象、欲望和幻念都蒙着一层薄纱

613

写作是向一个词讨要水源。如果一个作者能创出一种行之有效的办法，在每个词中，都会有不竭的水源。

对一首诗而言，源头的词只有一个，写作是从这个词导引出一种恣意与流动。

614

诗歌的传播力类同花粉，以颗粒连接着颗粒的方式。

语法如风速影响着它的强度。

一首诗中可以诞生出另一个或无数个语言的行动者。

615

诗之力量在于单一性之上的爆发力,

或者说是把所有的力汇聚于某种单一性之上。

诗,如果没有对纯度的迷恋,就没有自身的生命。

616

再宏大的诗篇也需要不断地从最末梢的细节上捕捉某种惊醒。

所谓整体性力量,其实是一种醒不来的东西。

我们忍受着语言在这个时代决堤后的泛滥

而那些最细小而传神的东西,依然是稀有之物

617

文字喂育的一切如今愈加饥饿

拿什么去痛哭古人、留赠来者?

618

我跋山涉水猎获的温暖并

不比我茫然偶得的更多

四壁一动不动,仿佛有什么在

其中屏住了呼吸

来自他者的温暖

越有限,就越令人着迷

我写作是必须坐到这具必朽之身的对面

619

终有一日我们
知道四壁的空白是滚烫的
这空白对我的教诲由来已久

620

词,会成为人的长眠之地吗
一个词在句子中停顿
但下一个词的
舌根有可能是冰凉的
写作是把词的砖块砌在流水和旋涡之上
这一砖一瓦
须满含敬意

621

"写什么"或"怎么写"这两个问题似乎一直在吞噬我们,让人踌躇不定,初习者尤为畏惧,而一旦"动起手来",他们的紧张感往往立刻会消失。因为,具体到一首诗中,当这首诗最初的爆发点很清晰地从细节上展现,"形象的召唤"到来之后,这两个问题事实上就荡然无存了。

622

在"写"和"读"之间,确实需要一种平视的眼光。

比如一首诗,对作者"自我"的影响是明确的,对"他者"的意义却非常难以把握,是启智?情绪或情感的共振?还是提供了一次心领神会?面对无限的他者,即有无限的可能。而每一种可能之间,都隐含着"写"和"读"双方的生命价值,无论是喜欢还是厌恶这首诗,都是这种价值在发生作用。写和读之间,任何一类轻视都是不适当的,对另一方的敌意,事实上也是对自身的不确信。在两者间,始终不丧失一种平视的眼光,也可看作写作的伦理。

623

在"空"之前冠之以一种
还是一次?这想法折磨着我
在我们的语言中
"一次"中有壁立
而"一种"中有绵长
忧愁壁立
忧患绵长

624

我拥有石榴趋向浑圆时的寂静

625

"人眼只能看到380至780纳米之间的
电磁波,即可见光的部分。人耳只能听到
20赫兹至2万赫兹之间的声音,即听觉的

响应范围。换句话说,人类又聋又盲,如何有能力认知这无垠浩渺的世界?"

626

川端康成写不了聂鲁达笔下粗砺野犷的矿石矿井。聂鲁达也写不了川端康成笔下即舞即融的雪片。当佩索阿在当地报刊上化名不同的作者写下相互攻讦的诗文时,许多人坐在他体内吵闹似鼎沸,他知道,"是那些名字在争吵……"。

一轮月亮在一千口古井中,有一千个名字?川端康成和聂鲁达,或许只是佩索阿的两个替身。旧桌边加入论争的人越来越密集,或许还有隐身的刘勰、曹植?所有人耗尽心血所辩的,其实是同一个问题?佩索阿:一个失败的戏剧大师。

627

写作中对抑制和化繁为简的强烈渴望,同样也会造成一种奴役:既有对自我的奴役,也有对语言的奴役。

八大山人笔法至简,在偌大的纸上只画一条枯鱼,连波浪都无须画上。他的抑制令他自简中出神,他的鱼是自由的,不是奴役的。

628

文学意义上的形式作为一种内容,在完成一次创造时,应该把它对自身进行颠覆的冲动包括在内。形式流变是文学的动力源之一。推而言之,亚里士多德迷恋的"实体",也从来不是聂鲁达、韩退之、杜工部眼中的实体。

629

真正的文学力量当然不是看见卑微、怜惜卑微,而是真正活在卑微里面。不存在外在的视角和居高的、透视的眼光。透视了,其实就无所谓具体的处境。不能自知或无须自知,才是卑微的核心特性。

630

我们假设一切发生即自有其目的,也自有其奥义。大到巨灾国变,小至书桌上一个玻璃杯的突然炸裂,我们设定这一切都不是"漫无目的之来临"。

在此假定中,人的感受力会变得敏锐,世界也因之愈加幽深和生机盎然。

631

凝神于事件而非形象
凝神于过程而非结论

632

没有潜意志的蛮力参与,一首好诗几乎是不可能完成的。

人在被潜意志冲击时的状况往往是:产生"被抛入感",遭遇表达的危机,惯性的语言秩序被打乱后,出现一些词的新组合。这些组合看上去混乱、无序、新异。诗必须是装入这些的容器。

理性的语言逻辑中并无诗的血肉。

633

沉溺于写作中的"技术活力",暴露的其实是文学上的一种怯懦。技术进境当然会给作者带来一种抚慰,也会形成相对的价值,却不可能带来任何本质意义上的进步。

如果说写作的宗旨,是借语言之途去发现生命的新价值,那么,越是以朴素的语言方式,呈现的新价值就越是确凿。当然,文学中的朴素,不来源于方法的革命,更不可能是一种策略。这里讲的朴素,更是跟匮乏无关,跟现实生活中可以量化的东西无关:它是生命体自身的清淡,是一种有力者的清淡。

634

诗的力量并不限于某种去蔽,它最终会形成新一轮的遮蔽,作为其完成的象征。

如果一种新的文学,有能力去除蟾宫、嫦娥、玉兔、伐桂等诸如此类对月亮的固有遮蔽,并有新的遮蔽性形象深入人心,那么,伟大的文学力量就诞生了。

635

在遮蔽和解蔽之间,科学似乎正扮演一种适时且日渐诡异的角色:

当代科技终于可以将曾由想象力统治的遥远事物，移到了显微镜下，"量子"这样的幽灵之物，以一种不可思议的方式出现了。科学看上去洞微烛暗，所有人高度依赖"科学"这种认知模型，并越来越适应自身的这种依赖：真正的危险或许将在此处现身，恰恰就在"科学"的掩护下，事物的本相在逃离。

它们的逃离，仿佛它们的自蔽。

636

事物的自蔽，正是文学的空间，我们在其间荷戟而战。

我们挥戈扑向的对象，是时间，或者说是人这种有限之生灵对时间的想象：由生命之必逝的紧张感造就的一种被命名为"时间"的幻觉。

637

去蔽从来不是诗学的目的。

诗学企图占据去蔽后形成的巨大的心理空白、情绪空白和命名的空白。

638

把字和词的沙子拧成语言的绳子。

639

一个良性的写作进程，是从"总活在想把世界填满的冲动里"到"总想构置出更多的空白来"。

空白在诗之创作中有非凡的意义。也可以说,诗的核心,正是由一堆词如何携手构成一片足以让你沉陷其中的空白——或者说,词语如何在运动中消除自身体内的声音而组成一片永恒的静默。

640

个体意义的人,需要诚实面对世界的浩瀚、一己的卑微,在此基础上自会形成对世界的洞见。一个诗人不是通儒大哲,无须以所谓精神的厚度来面对世界——当诗人看见并忠实、精准地书写一己的弱小时,这弱小也是通神的,是一种无限延续之力,就像在被无穷地践踏中再生的野草,当它被出神地表达,它就是生命的强大与厚度本身。这是诗性的厚度与格局,与俗世的强弱不是同一维度的东西。

641

写作的力量有赖于持续的行动,灵性和智慧在持续加压的行动中到来——没有确定的时辰、没有确定的路径——那种"妙手偶得"的现象,如果不是在持续而紧张的语言实践的间隙中到来,那么它就是一种虚妄的期待,或说是一种投机意识。我以前的写作,是即兴而随机的,到了这个年纪,我会趋向更规律而持续的行动。越写越会觉得离内心的暗许遥远得很,在每一个阶段我们要做的,其实都是持续行动,不设目标,不问收成。

642

每一部心灵的成长史,几乎都是一种秘史。

换句话说,一颗心与它所在时代的巨大丰富性之间,并不一定存在正向对应的关系。写作不应在此习惯性地纠缠不息。

643

落叶飘零,是在生的世界随波逐流
枯而各色,是在思的世界寸步不让

644

我在微信运动上添加的唯一好友是我妈妈。老人家七十了,独自住在遥远的小镇上,每天走七八千步。许多时候,我的愿望是只比她少走那么一两步,看上去仿佛我们在小道上并肩而行。

645

关于写作,一种最坏的状况是,独自面对自己时,也产生表演的冲动。但吊诡的是那些伟大的天才又几乎都这么干。我只得认为一人分饰两角或多角,甚至是世俗生活也过度让位于这种分裂,是一个天才的内部事件。

646

自觉的写作者,自觉于从不对潜意识做任何抵抗,他会随着某种混沌浮沉起伏,从一开始的昏天黑地,到渐渐地能在其中自由呼吸，他放任这种混沌参与他个人气质的形成。

647

写作者同样应当自觉于另一种努力：即最大程度保持对自身的陌生感，视自身一如独立的客体，仿佛今生头一次碰到。

成熟的写作者有能力完成这种割裂。

这也是一种觉醒的个人游戏，像维特根斯坦所期许的那样。

648

如何控制作者在其作品中过度地现身，是一种重要的抑制之道。

个人气质太强烈，是文学对人的绑架。但同时，写作者又应该警惕被自己的作品过度稀释。

649

作者在一首诗中的完成度越高，
读者就越难在这首诗中抵达他自己。

650

一个诗人的众多作品中，那些散落的、时而相互矛盾甚至对立的分身，有时也会凝结成一个统一的形象，来完成对诗人现实形象的虚化。

你会感叹这替身之精确、之无奈、之凶猛。这些分身之间的张力，是一个诗人生命魅力的显露，但有时又令他的生活可悲地戏剧化。

651

只有虚弱的诗本体，

才需要作者用力地去完成，让读者消耗着去进入。

652

见花即在花中，见粪即在粪中，见俗即在俗中。

诗歌从不避让与任何事物的遭遇，它让一切在语言中成为自足的生命体。

653

同为宇宙间被光线折射、浸润、点染的一块云，

只是被语言分别命名为"朝霞"和"晚霞"，

我们的所见与所感，我们的进入，便会如此不同。

654

诗性是"没有"与"无"间的微妙区别，

或说是微妙的加深、难言的觉醒。

655

钝象。奥维德说："有艺不露，乃为真艺。"

真艺无所谓露不露，它和日常人事、物象的咬合异常

严密，或说并没什么边界。它是钝的。虽钝中有敏，却敏而不张，远不至像锥子在布袋中那般刻意、机巧。

状若老烛迟燃，暮色临窗。一个人遣词造句、谋篇布局中有"钝象"，不是审美追求所得，只是心性的显出。

656

好诗的根本能力之一，是它顺着视觉的渠道，几乎是同步在你的味觉、嗅觉和听觉中激起反应，甚至是不适的反应。

它必须强悍到，企图在意识中触碰到意志的、本能的层面，让你觉得它既理所当然的是一种愉悦，同时又必须是一种神秘的挑衅。

657

诗歌中的"言必及义"

覆盖着"言不及义"。

658

写作是这样一种行动：它逼迫你看见一个隐蔽的自己和更内在的自己。这个自己得以区分人群，是杜甫得以从小吏中脱身，李白得以从街头醉汉中脱身的一种行动。动荡的个人生活更利于看到这个自己。固化的生活形态中的写作者，需要花费更大力气投身于这种行动，而在写作中趋向自觉。

659

无数个一闪念集合起来仍是一闪念，而非永恒。

诗歌中包藏着从一闪念中去触碰永恒的胆怯、痴想与坚韧。

660

"写什么"的最好答案依然是遇佛杀佛。因为人生最重要的问题都是自动来寻找你的，几乎没有一件是你需要费力去寻的。

它们都是"眼前物"。

661

诗歌其实是要在伤口上长出新的肌体：一种有限的新生，新的生命质感。但先得有伤口，语言的，或是心理的……要打破固有的表达，否定，产生挫败感，从这些地方获得启示……如果在一种惯性中麻木地往前走，诗歌不可能获得新的生命。

662

写作需要忘记对平庸的恐惧。平庸不等同于通俗，是要在深处平庸之中呈现某种可能的穿透、觉醒，而不是展示超拔于平庸的姿态。

写作既非观念的兑现，更不是姿势的舞台。

663

文学的本义是以语言行动来承担遗忘的代价。

这句话的要点,在行动二字。这个深长的过程中有觉醒,但觉醒不是文学的目的。文学自有其盲目的一面,或者说,觉醒体现了我们强烈的愿望,却无法作为某种有望击中的靶心。

664

世界是"隐在"的,我们看到、听到的,或许是某种力量的压力之下我们"必须看到""必须听到"的。我们为之挥汗如雨的所谓写实,或许并无真实可言。那么我们写的意义何在?我们设定的写作意义是:重塑印象。

我们将辛劳而作的文字交出,像递出一块砖瓦,但我们并不知道我们正在参与建筑的通天塔,究竟是什么样的构造。它是什么样子,本质上跟个体生命无关,我们有的是没有边界的想象。我们全部的意义在于:交出。

665

写作即是布局一个个词的命运:词以从诗人的构造中汲取通灵的养分而具有自身的生命。诗人须视一个词为一个自足的生命体,须秉有这种"命运感"才能形成与语言的心神契合。

666

词是一种解码器。

词与词之间的黑暗及其所带来的痛苦,是一个诗人真正的粮食。

没有词的强大诱惑,诗的冲动不会形成。

没有对此诱惑的抵制、抵消、重构,诗不会现身。

667

诗先于它的词而觉醒。

坏的诗会赋予他的词一种施虐的力量,而好的诗中,词以它自身的饥渴展示了它作为最原始生命体的深沉呼吸。

668

词嵌于一首诗,不是屈从于诗意的精妙安排,而是它自己的生存之需。词要生存,要在一首诗中活下去,这才是诗的土壤。

心为物役,本质上是词为物役。

物在词中的沦陷,被误认为是心的起伏。

669

错觉是对"似"的狠狠反击,但在形、神上又对"是"有着其微妙难以言传的精微把握。

从审美维度,"是"的敌人并非"不是",而是游离又神散的"似"。

670

在精神上和心理上过强或过弱而远离某种均值的人,

是语言和艺术错觉的主人。

671

来自头脑的错觉与来自灵魂的错觉,有时在天平的两端,控制着阅读的起伏。

但每一粒微尘内都有一座宫殿,却是语言审美的常态,不是错觉。

672

诗歌所追逐的语言指向之可能性,越是动荡不息,它对另一端的某种绝对、不动的渴求就越强烈,这构成诗歌内部的基本张力。

673

文学的灾难在于它真正受困于技术性而对世道人心失去根本的热情。

技术性带来的审美愉悦最终会让人焦虑、痛苦如日日临渊。但技术的、语言的精度又恰恰体现生命的质量,所以写作本质上是悲剧的。

674

我有一个生命的旧址:
在奥威尔那里叫"监狱"
在卡夫卡那里叫"城堡"
在阮籍那里叫"竹林"

在陶潜那里叫"南山"
在奈保尔那里叫"米格尔大街"
在马尔克斯那里叫"马孔多小镇"——
是同一条街巷的同一个炽烈的门牌号

675

如果从敌意中一无所获,那么他从爱中也将一无所获。因为这两件东西对人类存在的内在逻辑、论证方式和定义形式几乎是一模一样的。

676

一个诗人面对一首诗的完工理应惶然:因为不可完成之物竟然在此完成了。

如果他没有一种深刻的不安,那么这首诗尽可废去。

677

活了四十七年的佩索阿,有许多异名,最常用的有三个:阿尔伯特·卡埃罗、阿尔瓦罗·德·冈波斯、里卡多·雷耶斯。这些异名不同于别的作家笔名或化名,因为它们与本名佩索阿之间,彼此有着独立的人格、不同的心理构造、社会关系、性格棱角,每个异名之下,事实上有着一种血肉丰满的"闭环"。这些异名者,写下彼此攻讦、彼此探询或相互定义的作品,时而在报纸的同一版面上掀起一场雄辩大会。雷耶斯曾评论卡埃罗:"他落寞地活着,无息地死去,在神秘主义者看来,他有着导师的一切特征。"

佩索阿在体内豢养着这些自我的导师：冰炭同炉的导师。他们之间的连接，是执戈而立，动荡不止。纷争的喧闹和落定的尘埃俱在，他一人分饰多角：正如我体内站着我喜欢的鲍照，也站着与他对立的韩愈，以及与韩愈亦友亦敌、戏剧性的大癫和尚。

678

存在一种"我所期待的诗"但可能永不降临。

存在着一种脱胎换骨的变法、变革、新生，但往往只是脚后跟挪动了一点点。

对变化之饥渴，才是最重要的，才是意义无穷的诗性本身。

679

质朴的东西并不一定有质朴、单纯的外观。如果一种写作从无比繁缛和纠缠的外貌中，将其单纯的内核呈现了出来，那是震撼人心的现象。

写作者应要求自己质朴一些，再质朴一些，但绝不能趋向外在的单一。

680

在写作中，有时你会觉得行进到艰难地带，笔下的每个词都呼吸困难，难以为继。这时确须有一个信念：这艰难不是一种阻隔和中断，而恰是面向未知力量的一种不可回避的连接。

681

好的文学中会包含某种洞见,但洞见并非文学的目标。一种理想的状态是,澄澈的洞见只在阅读环节发生。写作不能预设洞见的形成,像"埋个地雷在那里,等着读者踩上去"。对写作者而言,在呈现生存和心灵层面的真实时,只是碰到能够催生某种洞见的氛围、事件"恰巧也在那里"。写作凝神于体验及其过程,而洞见只是结束状态的东西,是末梢的东西。清醒的写作者甚至可以告诫自己,要抑制洞见的诱惑。

682

如果我们建立了某种新的文学理念,但弄不清与之冲突的力量在哪里,那么这种建立是可疑的。只有质疑与博弈才赋予了理念以生命。这里面涉及一个"观念强度"的问题。创造,不论是在传统或历史的框架内还是在所谓"先锋"的旗帜下——这两者有时甚至是雌雄同体的——创造力不在立场而在强度,也可以说,创造力其实更多体现在观念强度的增进,而非立足点的挪移。

683

诗歌的专业性不是指对某类知识的特异反应,更多指的是一种对生命直觉的敏感度。

所以,文盲中,有六祖慧能。

684

一个时代有一个时代的精神实体,但这实体并非一堆精英文本的堆积,不是文本之和,而是这个时代典型社会现象和精神特质之和。文本坐落其中,仅是几座孤岛。

685

韵律或音律之所以在诗中必不可少,是因为一首诗天然地需要一个声音的入口。总有人觉得声音能增进诗的表现力,不仅是出于古汉诗遗留下的习惯,事实上所有语种都潜存着这样的强烈冲动。这个入口一度急剧地缩小了,但在自媒体时代似乎又得以放大,它既美妙又显老派,但可能永不消失。

686

如果说诗歌有一种重要起源,即人的心理或精神危机,或者说是一个时代中比历史事件更值得琢磨的各种心灵事件。那么,往下再挖一层,我们不妨认为,一个时代在心灵层面的荒诞感,比任何事物更能激发诗人的灵性。

687

诗歌中须有某种"说不通的地方",犹如流畅的溪水中突显几块巨石。这种"阻隔效应"是诗本身的,而远非什么不相干的外力。

688

如果写作是为了抵抗人生的虚无,那么最美妙又算得上得体的感受莫过于"我在虚无中终有了一席之地"……或者"原来这虚无也可以有滚烫的体温"。

陈先发

1967年10月生于安徽桐城，1989年毕业于复旦大学。现任安徽省文联主席。

曾获鲁迅文学奖、华语文学传媒大奖、十月文学奖、英国剑桥大学银柳叶奖等国内外奖项数十种。2015年与北岛等十诗人一起获得中华书局等单位联合评选的"百年新诗贡献奖"。

作品已被译成英、法、俄、西班牙、希腊、波兰、西里尔等多种文字传播。

主要作品
《写碑之心》
《九章》
《陈先发诗选》
《黑池坝笔记》
………

白头知匿集

出 品 人	郭文礼	选题策划	左树涛	责任编辑	左树涛
复 审	贾江涛	终 审	贾晋仁	书籍设计	张永文
印装监制	郭 勇	项目运营	有度文化·刘文飞工作室

投稿邮箱 | liuwenfei0223@163.com

微 博 | http://weibo.com/liuwenfei0223　　微信公众号 | txsk2013_